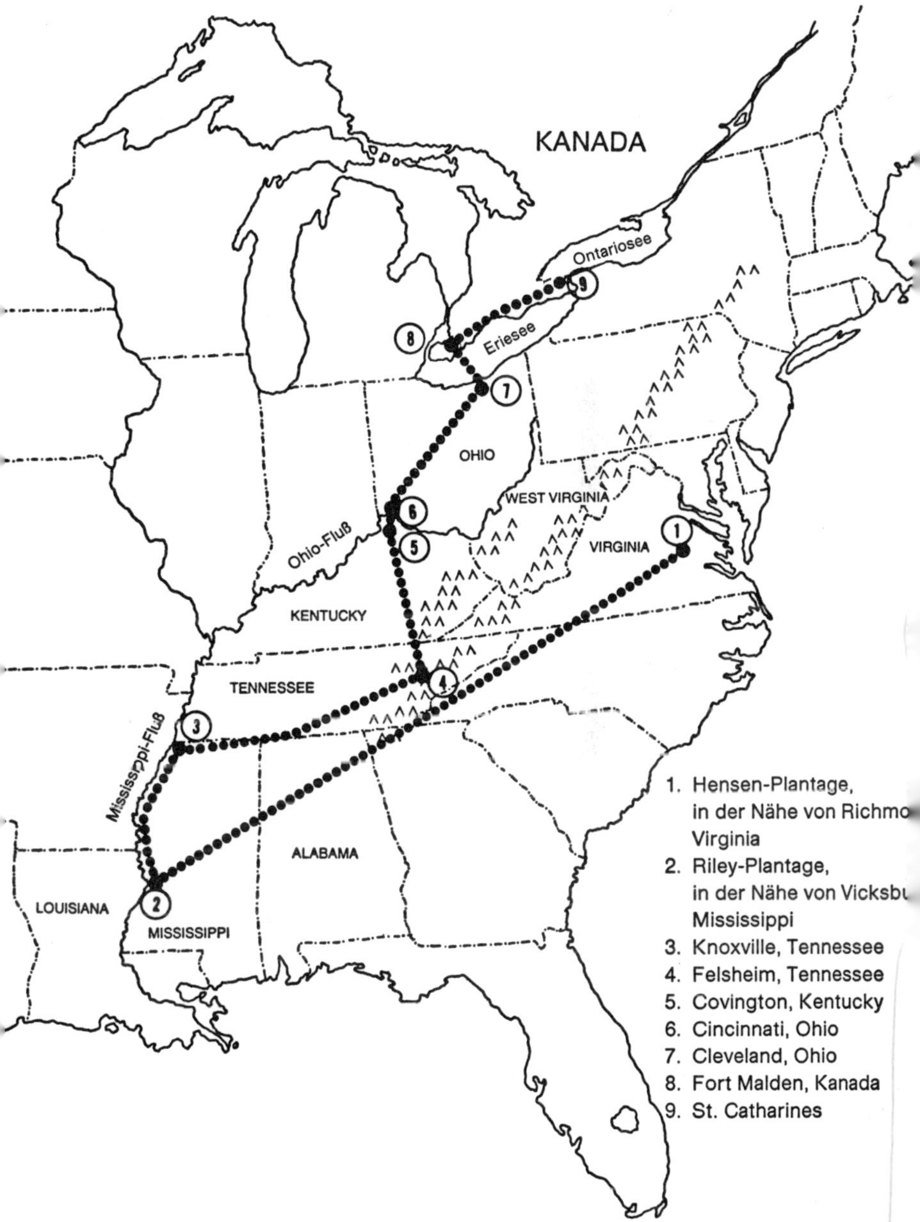

1. Hensen-Plantage, in der Nähe von Richmo Virginia
2. Riley-Plantage, in der Nähe von Vicksbu Mississippi
3. Knoxville, Tennessee
4. Felsheim, Tennessee
5. Covington, Kentucky
6. Cincinnati, Ohio
7. Cleveland, Ohio
8. Fort Malden, Kanada
9. St. Catharines

Barbara Smucker

Folge dem Nordstern

-Sklaverei -

Ueberreuter

CIP-Kurztitelaufnahme der Deutschen Bibliothek

Smucker, Barbara:
Folge dem Nordstern / Barbara Smucker. [Aus d. Amerikan. von Ulla Neckenauer]. – Wien, Heidelberg: Ueberreuter, 1979.
Einheitssacht.: Underground to Canada <dt.>
ISBN 3-8000-2189-7

J 1188/1

Aus dem Amerikanischen von Ulla Neckenauer
Titel der Originalausgabe »Underground to Canada«, erschienen im Verlag Clarke, Irwin & Company Ltd., Toronto/Vancouver

Umschlag von Heinz Anger

Papier und Gesamtherstellung: Salzer - Ueberreuter, Wien
Printed in Austria

-Sklaverei-

Die Geschichte der Flucht der beiden Mädchen Julilly und Liza von Mississippi nach Kanada ist zwar erfunden, aber sie hätte sich tatsächlich so abspielen können. Der Roman basiert auf Begebenheiten aus Berichten geflohener Sklaven, auf einem sorgfältigen Studium der Routen der »Untergrund-Eisenbahn« und auf dem Leben zweier Abolitionisten:
Alexander M. Ross aus Kanada und Levi Coffin aus Ohio. Die Abolitionisten traten für die sofortige, entschädigungslose Abschaffung der Sklaverei ein.

Zwischen den amerikanischen Negern und den Bewohnern Kanadas besteht eine einzigartige Beziehung. Kanada ist für die Neger nicht nur ein Nachbarland der Vereinigten Staaten. Weit zurück in unserer Geschichte des Kampfes für die Freiheit war Kanada der Nordstern. Der Negersklave – ungebildet, entmenschlicht und auf grausamen Plantagen eingesperrt – wußte, daß weit im Norden ein Land existiert, in dem ein geflohener Sklave die Freiheit finden konnte, sofern er die Strapazen der Reise überstand. Die legendäre »Untergrund-Eisenbahn« begann im Süden und endete in Kanada. Diese Straße der Freiheit verbindet uns. Unsere Spirituals, die jetzt in der ganzen Welt so bewundert werden, waren oft verschlüsselte Nachrichten. Wir sangen vom »Himmel«, der uns erwartete, und die Sklavenbesitzer lauschten, ohne zu wissen, daß wir nicht vom Jenseits sprachen. »Himmel« war das Wort für Kanada, und die Neger sangen von ihrer Hoffnung, daß die Flucht mit der »Untergrund-Eisenbahn« sie dorthin führen möge. Eines unserer Spirituals: »Follow the Drinking gowed – Folgt dem Trinkgefäß« mit seinem verschlüsselten Text enthielt Richtungsangaben für die Flucht. Das Trinkgefäß war das Sternbild des Großen Wagens, der zusammen mit dem Polar- oder Nordstern, auf den die Deichsel wies, die Himmelskarte für die Flucht zur kanadischen Grenze bildete.

MARTIN LUTHER KING JR.

1

Nächtliche Musik dröhnte durch die Sklavenquartiere von Jeb Hensens Plantage in Virginia. Die Worte konnte man nicht hören, aber sie schwangen mit unter dem Auf und Ab der Melodie.
Julilly saß summend vor der Tür ihrer Hütte und wartete darauf, daß Mammy Sally heimkam, die drüben im Herrenhaus kochte. Julilly war so reglos und so schwarz wie die Nacht. Die Worte des Lieds gingen ihr im Kopf herum:

When Israel was in Egypt's land
Let my people go
Oppressed so hard, they could not stand
Let my people go[1].

Der alte Massa Hensen mochte dieses Lied nicht. Er sagte, es würde immer dann erklingen, wenn es Geflüster gab und wenn Unruhe herrschte. Und heute nacht wurde geflüstert. Das Geflüster erklang unter dem Zirpen der Grillen. Es kroch von Ohr zu Ohr, so lautlos wie das Schwirren der Leuchtkäfer.
Julilly zitterte, obwohl es Anfang Juni war und die Sommerhitze sich mit dem süßen Duft des Geißblatts mischte. Sie versuchte, ihr grobes Kleid über die Knie zu ziehen, aber es war schon seit langem zu kurz. Nicht, daß Massa Hensen ihr keine Kleider gegeben hätte. Er war gut zu seinen Sklaven. Es war nur so, daß sie schneller wuchs als jede andere Zwölfjährige auf der Plantage.

[1] Übersetzung der Spirituals auf Seite 142

»Sie ist groß genug, um mit den erwachsenen Frauen in den Baumwollfeldern zu arbeiten«, sagte Massa Hensen.
Doch Mammy Sally war damit nicht einverstanden.
»Meine June Lilly ist nur ein kleines Mädchen, das zu schnell gewachsen ist«, sagte sie. Erwachsene Frauen mußten mehr Baumwolle pflücken, und ihre Arbeitszeit war länger.
Ihren Namen hatte Julilly deshalb erhalten, weil sie im Juni geboren war und weil Mammy Sally Lilien so gern mochte[1]. Die meisten Leute zogen die beiden Wörter zusammen und machten Julilly daraus. Aber Mammy Sally machte das nicht.
Heute nacht fanden in dem staubigen Hof vor den Hütten keine Kreisspiele statt. Die Kinder jammerten herum – sie waren quengelig und unruhig.
Julilly ging in die Hütte hinein, die sie allein mit Mammy Sally bewohnte. Der brennende Holzklotz in der Ecke erzeugte blaue Flammen, die keine Wärme ausstrahlten. Hier drinnen herrschten Einsamkeit und Leere. Aber wenn Mammy Sally heimkam, flackerten die Flammen warm auf und die Schatten brachten Schlaf.
Die kleine Sklavenhütte hatte ein wasserdichtes Dach und einen Holzfußboden, wie alle Sklavenhütten hier bei Massa Hensen.
»Die besten Sklavenhütten in ganz Virginia«, erklärte Mammy Sally. Sie mochte auch das Herrenhaus. Dort war es kühl und weiträumig, die Wände bestanden aus sauber eingepaßten Rundhölzern, und die Holzfußböden waren gewachst und poliert.

Das Geflüster, das in der Nachtluft hing, hatte am Morgen begonnen, als Old John, der Kutscher, Missy Hen-

[1] Juni = June; Lilie = Lily

sen in die Stadt gefahren hatte. Julilly und die anderen Sklaven erfuhren es erst später.
Missy Hensen saß ängstlich und unruhig in der Kutsche. Sie sprach davon, in den Norden zu ziehen und alles zu verkaufen. Sie erzählte, ihr Mann, Jeb Hensen, sei alt und krank und müsse ins Krankenhaus nach Richmond. Sie sagte, es seien keine Angehörigen da, denen man alles vererben könnte.
»Das Land ist erschöpft, Old John«, klagte sie. »Es ist einfach nicht mehr genug Leben drin, um Tabak, Baumwolle oder irgend etwas anderes darauf anzubauen.«
Old John stimmte zu. Er wußte, daß die Plantagenbesitzer in Virginia das Land ausgebeutet hatten, bis es ausgeblutet war und starb. Sie ernteten nicht mehr genug, um etwas davon verkaufen zu können. Deshalb begannen sie statt dessen, Sklaven heranzuziehen und zu verkaufen. Im tiefen, tiefen Süden gab es fruchtbares Land, und dort brauchten die Plantagenbesitzer Sklaven, um ihre Felder zu bestellen.
Als Missy Hensen und Old John in die Stadt hineinfuhren, herrschte auf dem Rasen des Gerichtsgebäudes helle Aufregung. Missy Hensen tat so, als sähe sie nichts. Old John konnte nicht lesen, aber er hörte die Weißen über Handzettel reden, die an der Tür des Gerichtsgebäudes klebten: »BEZAHLE MORGEN SPITZENPREISE FÜR ERSTKLASSIGE FELDARBEITER«, stand darauf.
Die Hände Old Johns, welche die Zügel des Pferdes hielten, zitterten. Ein Sklavenhändler aus dem tiefen Süden würde morgen in die Stadt kommen, um Sklaven einzukaufen! Und Jeb Hensen hatte vor, wegzuziehen!
Old John und die anderen Sklaven auf der Hensen-Plantage wußten, daß viele Sklaven aus Virginia verkauft wurden. Die Erzählungen darüber verbreiteten sich von Farm zu Farm wie ein vom Wind angefachtes Feuer. Gerüchte begannen umzugehen. Einige erzählten, die Ein-

käufer würden die Sklaven in Reih und Glied aufstellen wie Kühe und Schweine. Und dann würden sie eine Mutter an einen Mann verkaufen und all ihre Kinder an einen anderen.
»Im tiefen Süden«, sagten die Leute, »müssen die kleinen Kinder zum Bearbeiten der Baumwollfelder Hacken schleppen, die größer sind als sie selbst. Und dann werden sie ausgepeitscht, weil sie die Arbeit nicht schaffen, die ihnen der Aufseher zugeteilt hat.«
Massa Hensen hatte auf seiner Plantage selten die Peitsche benutzt.
»Er ist zu gutmütig«, sagten einige der Sklavenbesitzer.

Am Nachmittag, als Old John wieder heimkam, humpelte er sofort zu den Stalljungen hinüber.
»Morgen kommt ein Sklavenhändler aus dem tiefen Süden.« Seine Stimme zitterte.
Wie hüpfende Kröten sprangen die Stalljungen zu den Kindern hin, die Wasser zu den Sklaven auf den Baumwollfeldern trugen.
»Ein Sklavenhändler aus dem tiefen Süden kommt«, flüsterten sie.
Schneller als ein fliegender Vogel wanderte die Nachricht die Baumwollreihen entlang.
Julilly, die in der glühenden Sonne Baumwolle hackte, erfuhr sie ebenfalls. In der Mittagspause rannte sie zum Herrenhaus, um es Mammy Sally zu erzählen. Die richtete einen Augenblick lang ihren hochgewachsenen Körper auf und hob ihren stolzen Kopf.
»Herr im Himmel«, sagte sie, »steh uns bei!«
Dann preßte Mammy Sally die Lippen zusammen und wurde wieder ruhig. Die Furcht, die Julilly gestreift hatte wie der Flügelschlag einer Amsel, wich. Mammy Sally würde sie beschützen. Sie war Mammy Sallys einziges Kind.

Jetzt war die Nacht hereingebrochen. Julilly kauerte zitternd an der Tür. Der Holzfußboden der Hütte war warm und trocken. Der Ziegenmelker sang sein Abendlied, und der runde, orangenfarbene Mond verbreitete sein sanftes Licht. Aber Julillys Füße waren kalt. Und ihre Hände waren eisig. Ein seltsames Gefühl lag in der Luft, wie die beunruhigende Ruhe vor dem Sturm.

Dann kam Mammy Sally. Ihre nackten Füße waren auf dem geräuschschluckenden Sand kaum zu hören. Sie ergriff Julillys Hand, aber die Kälte und das seltsame Gefühl verschwanden nicht. Sie beugte sich zu der kleinen blauen Flamme hin und zog Julilly an sich. Das Licht warf blaue Flecken auf ihr streng geschnittenes Gesicht und leuchtete in ihren besorgten Augen.

»June Lilly, mein Kind.« Sie sprach sanft und schaukelte langsam vor und zurück. »Du weißt, daß ein Sklavenhändler in der Stadt angekommen ist. Einige Sklaven werden verkauft.«

»Wer, Mammy?« Julilly war es wieder kalt, und sie zitterte.

»Das kann man vorher nie wissen.« Mammy schüttelte den Kopf. »Massa Hensen ist krank. Er ist nicht mehr da. Missy Hensen sagt, es gäbe keine Möglichkeit, daß wir alle zusammenbleiben. Die meisten von uns kennen keine andere Heimat.« Mammy strich mit der Hand über den Fußboden. »Hier bist du geboren, June Lilly.«

Julilly wußte dies alles – daß Massa Hensen seine Sklaven besser behandelte als die meisten anderen – daß ihr Vater am Tag ihrer Geburt an einem Schlangenbiß gestorben war –, all diese Dinge von früher – Dinge, die in ihrer Erinnerung mit der Anpflanzzeit oder der Erntezeit verknüpft waren.

Dann stand Mammy auf. Sie hob den Kopf, und das weiße Kopftuch, das ihr ergrauendes Haar bedeckte, sah im Licht des Feuers weich und goldfarben aus. Sie hielt die Schultern gerade und reichte jetzt fast bis zum oberen Rand der Tür. Sie preßte die Lippen zusammen, und ihre Augen bohrten sich tief in die Julillys. Und in diesen Augen lag der schneidende Schmerz, den eine Ochsenpeitsche hervorruft, und das Wehklagen eines verwundeten Opossums.

»Wir müssen fest beten, June Lilly, und wenn uns der Herr im Himmel jetzt nicht helfen kann, dann müssen wir daran glauben, daß Er uns bald helfen wird.«

»Ja, Mammy.« Julilly war stolz auf die große, gutaussehende Frau.

»Drei Dinge will ich dir noch sagen, Kind.« Mammy zog Julilly wieder zu sich her. »Bete zu Gott. Und sei immer stolz darauf, daß du einen starken und guten Daddy hattest und eine Mammy, die dich liebt.«

Mammy Sally hielt inne. Sie legte ihren Mund an Julillys Ohr. »Ich erzähle dir jetzt ein Geheimnis. Merk es dir gut und laß nie etwas verlauten. Es gibt ein Land, über das sich die Sklaven heimlich unterhalten. Es heißt Kanada. Dort erlaubt das Gesetz keine Sklaverei. Es heißt, man müsse Richtung Norden gehen, dem Nordstern nach, und wenn man das Land betritt, sei man frei.«

Mammys Arme wurden plötzlich ganz steif, denn von draußen waren raschelnde Schritte zu hören. Sie schob Julilly sanft von sich weg. Dann sagte sie ärgerlich mit erhobener Stimme:

»Und jetzt, June Lilly, kriechst du auf die Decke dort in der Ecke und schläfst! Schneller als du glaubst ist es vier Uhr. Dann läutet die Morgenglocke, und ein neuer Arbeitstag beginnt.«

Das, was für die gesagt wurde, die vielleicht draußen zuhörten, war immer ganz anders als das, was sie in der Hütte miteinander redeten. Julilly wußte das und lächelte. Sie legte sich auf den harten Fußboden neben der Feuerstelle und wickelte sich in eine dünne Decke. »Kanada.« Im Geist wiederholte sie den Namen immer wieder.

Die Ankunft des Sklavenhändlers brachte sicher Schwierigkeiten mit sich. Aber auf der Hensen-Plantage hatte es noch nie Schwierigkeiten gegeben. Sie und Mammy Sally würden bestimmt nicht verkauft werden.

Julilly gähnte und summte im Geist ein Lied. Die unausgesprochenen Worte brachten sie zum Lächeln, und sie vergaß den unheilvollen Tag.

Massa sleep in the feather bed,
Nigger sleep on the floor;
When we get to heaven
There'll be no slave no more.

2

In den Sklavenquartieren von Master Hensens Plantage begann der Tag, bevor am schweren, schwarzen Himmel Licht zu sehen war. Es war vier Uhr, und das alte Horn von Master Hensen tutete und dröhnte, bis alle wach waren. Der Geruch von gepökeltem Schweinefleisch, das auf den Feuern in den Hütten gebraten wurde, half mit, die Kinder aufzuwecken. Julilly griff nach einem Maiskuchen und einem Blechbecher mit Buttermilch, die Mammy Sally einschenkte. Aus dem Hof krähten gellend und klar die Hähne.

Wie jeden Morgen glättete Julilly ihr krauses Haar und band es am Hinterkopf zu einem festen Knoten. Aber Mammy Sally, die sonst immer sorgfältig ein sauberes weißes Kopftuch umband, trug heute statt dessen ein schwarzes. In ihrer vollen, starken Stimme lag kein Lachen, als sie die Sklaven begrüßte, die an der Tür vorbeigingen. Unruhige Falten erschienen auf ihrer Stirn.

»Kind«, sagte sie voller Schmerz und Trauer, »für uns Nigger wird der heutige Tag Schlimmes bringen.«
Sie kniff die Lippen zusammen, und in ihren Augen blitzte ein zorniger Mut auf, doch ihre Stimme blieb ruhig. Sie ergriff Julillys Hände mit ihren starken, langen und abgearbeiteten Fingern.
»Der Herr möge uns helfen«, sagte sie. »Heute werden die Feldarbeiter verkauft. Du gehörst auch zu ihnen, June Lilly. Vielleicht werden wir beide voneinander getrennt.«
Julilly verstand das nicht. Das konnte Mammy Sally doch nicht zulassen!
Mammy schüttelte Julilly, damit sie ganz genau zuhörte. »Der Herr möge es verhindern, aber wenn wir an verschiedene Leute verkauft werden, dann vergiß das Land der Freiheit nicht, von dem ich dir erzählt habe. Du und ich, wir sind beide stark. Wir werden es schaffen, wenn dieser Stern uns den Weg zeigt und wenn Gott uns hilft.«
Eine Stimme, die klang wie der Ruf eines Eichelhähers, ertönte plötzlich vor ihrer Tür.
»He, ihr Feldnigger! Stellt euch hier am Pfad entlang auf, aber schnell!« Das Geräusch einer zischenden Peitsche durchschnitt die Luft. »Ein paar von euch werden heute keine Baumwolle hacken.«
Mammy Sally hielt Julilly eng an sich gedrückt, während sie hinausgingen und sich in der Schlange der Feldarbeiter aufstellten. Der Mann mit der Eichelhäherstimme schritt vor ihnen auf und ab. Es war ein massiger Mann mit einem kurzen und dicken Hals. Seine Wangen waren aufgedunsen und vibrierten beim Gehen. Julilly sah, daß seine Finger, in denen er eine Peitsche hielt, ebenfalls aufgedunsen waren. Im Mund des Mannes, zwischen zwei gelben Zähnen, stak ein Zahnstocher. Julilly mochte seine ölige Haut nicht. Sein ausgebleichtes braunes Haar

war verfilzt und schmutzig, seine ausgebeulten Hosen hatten überall Flecken, und seine kleinen Augen waren grün und hinterhältig.
Er ging auf Lily Brown zu, eine scheue junge Mutter, die gerade erst sechzehn war. Sie hielt ihren zwei Jahre alten Willie fest im Arm.
Der dicke Mann hielt kurz neben ihr an. Seine winzigen Augen wurden schmal, und er strich mit seiner öligen Hand über den nackten Rücken von Willie.
»Das ist ein dickes, starkes Niggerbaby«, rief er einem jüngeren weißen Mann hinter sich zu. »Bring es in den Wagen.«
Willie wurde ohne Kommentar aus den Armen seiner Mutter gerissen.
Lily schrie auf und fiel zu Boden.
Julilly wollte zu ihr hinrennen, aber die starke Hand ihrer Mutter hielt sie an der Schulter fest.
Der fette Mann, mit dem Zahnstocher fest zwischen den Lippen, hielt vor ihnen an. Mit einem dicken Finger griff er in Julillys Mund und betrachtete ihre Zähne. Befriedigt schob er ihre Augenlider zurück.
»Er schaut mich genauso an wie Old John sein Pferd«, dachte Julilly entrüstet.
»Die hier ist in Ordnung«, rief der dicke Mann dem jüngeren Weißen zu, der gerade Willie in den Wagen geworfen hatte. »Sie ist gesund, stark und sie wächst noch. Geh da rüber, Mädchen, und steig in den Wagen.« Er ging weiter.
Julilly rührte sich nicht. Sie blickte Mammy Sally an, und das erste Mal in ihrem Leben sah sie Angst in deren Augen.
»Tu, was er sagt, Kind«, sagte Mammy Sally mit erstikkender Stimme. »Du mußt tun, was der Mann sagt, um dein Leben zu retten. Und vergiß den Ort nicht, von dem ich dir erzählt habe.«

Der fette Mann blickte zurück und schrie:
»Steig in den Wagen, Mädchen, oder ich nehme die Peitsche und bring' dir das Hüpfen bei!«
Von allen Seiten erklang jetzt Weinen und Stöhnen. Der dicke Sklavenhändler hörte es nicht, oder es interessierte ihn nicht. Er schnalzte mit der Peitsche, zog Kinder von ihren Müttern und Vätern weg und schickte sie zum Wagen.
Julilly ging zu dem langen Holzkarren hinüber. Irgendwie trugen sie ihre Füße, und sie kletterte hinauf. Sie hielt Ausschau nach Mammy Sally, aber die wurde gerade mit den älteren Sklaven hinter den Geräteschuppen geschoben.
Julilly versuchte verzweifelt, Mammy Sallys schwarzes Kopftuch ausfindig zu machen. Sie konnte es nicht entdecken. Mammy Sally war verschwunden!
Eine rote Sonne stieg am Himmel auf, und überall dort, wo ihr Licht hinfiel, breitete sich die Hitze aus. Julilly saß still und ganz erstarrt in dem offenen Wagen. Neben ihr wimmerte der kleine Willie Brown. Sie wollte ihn trösten, aber es gelang ihr nicht, die Hand zu heben. Sie konnte kaum schlucken und wußte nicht, ob sie einen Ton hervorbringen würde, wenn sie versuchte, etwas zu sagen.
Andere Kinder stiegen in den Wagen. Sie waren kleiner als Julilly. Sie rückten zu ihr her – ihre kleinen Körper zuckten wie der scheue Vogel, den Julilly einmal gefangen und festgehalten hatte, bis er aufgeflogen war, um zu flüchten.
Drei Männer erhielten den Befehl, sich hinter dem Karren aufzustellen. Sie standen da wie abgestorbene Bäume, ihre Arme hingen herab wie die Zweige einer Weide im Wind. Julilly kannte jeden einzelnen.
Da war Ben, groß, stark und schwarz wie die Nacht. Wenn er Holz hackte, reichte der Stapel schon hoch über

seinen Kopf, wenn er den anderen erst bis zum Knie ging.

Da war der freundliche, sanfte Adam, dessen Gesang so tief war wie ein schwarzes, unergründliches Baumloch. Und dann war da noch Lester, der Mulatte mit der fleckigen Haut und den zornigen Augen. Jeder von ihnen hatte eine Frau und ein oder zwei kleine Kinder. Sie rührten sich nicht, als ihnen der fette Mann mit den aufgedunsenen und öligen Fingern eine Kette ums Fußgelenk legte.

Julilly schaute zu. Die Kette wurde vor ihren Augen zu einer silbernen Schlange. Sie schlängelte sich über die Erde, um die Männer herum und nach oben zum hinteren Ende des Karrens. Dort legten sich ihre Kiefer um einen Verschluß und hielten fest.

Ein anderer fremder Weißer führte ein Arbeitspferd vor den Karren. Julilly wagte nicht, den Mann anzusehen. Sie fühlte das Rucken und Zerren des Wagens und das Schaukeln, als der Mann vorn auf den Sitz sprang.

»Hüh!« schrie er und packte die Zügel.

Die Schlangenkette klirrte protestierend, als die Männer, die nicht an sie gewöhnt waren, versuchten, ihre gefesselten Füße im Takt zu bewegen. Der fette Mann, der immer noch den Zahnstocher im Mund hatte, ritt auf einem glatten braunen Pferd hinterher.

Sie bewegten sich den staubigen Weg entlang, vorbei an den leeren Sklavenhütten und um das Haus von Master Hensen herum. Es war leer. An den hohen Fenstern hingen keine Vorhänge mehr, und auf der großen, schattigen Veranda standen keine Stühle. Massa und Missy Hensen waren nicht mehr da.

Old John kam hinkend und gebückt durch die große Vordertür. Er hob die Hand gegen die Sonne und schaute den angeketteten Männern und dem mit Kindern beladenen Karren nach. Als er Julilly sah, richtete er sich hoch

auf. Er zog ein großes weißes Taschentuch hervor und schwenkte es auf und ab – auf und ab – auf und ab –, bis nur noch ein kleines weißes Fleckchen zu sehen war, das schließlich auch verschwand.
Tränen rannen über Julillys Wangen. Sie konnte sie nicht unterdrücken, aber sie gab kein Geräusch von sich. Der fette Mann merkte nichts.

3

Der Karren mit den Sklavenkindern holperte langsam die Straße entlang. Die Ketten der Männer klirrten rhythmisch. Für Julilly war es ein langsamer und trauriger Rhythmus – so traurig wie das Totengeläut von der Dorfkirche in der Nähe der Hensen-Plantage.
Julilly mußte ununterbrochen an Mammy Sally denken. Jedesmal wenn der Karren auf eine andere Straße einbog, erwartete sie, daß die große, starke Frau mit dem schwarzen Tuch auf dem Kopf auftauchen, sie vom Karren holen und die anderen Sklaven zurück zur Hensen-Plantage schicken würde. Aber die Straßen waren alle leer.
Die kleinen Kinder um sie herum trugen ärmliche Kleider. Sie drängten sich mit ihrer heißen und trockenen Haut gegen Julilly und wimmerten wie winzige verlorene Schäfchen. Julilly hielt zwei kleine Händchen, beide klebrig von Schweiß und Staub.
Die Sonne schien golden und heiß, und der Himmel erstrahlte in einem harten und grellen Blau. Nicht ein einziger Wolkenfetzen war zu erblicken, der es ein wenig gemildert hätte. Julilly sah, wie sich der weiße Mann, der den Karren lenkte, mit einem großen blauen Tuch die Stirn abwischte. Der Rand seines Hutes verdeckte sein Gesicht, aber sein Nacken war rot und verbrannt. Er schnalzte über dem dahintrottenden Pferd mit der Peit-

sche. Und die Peitsche des fetten, öligen Mannes hinter dem Wagen knallte über den Rücken von Ben, Adam und Lester, die mühsam vorwärtsschlurften.
Der Karren holperte an grünen Baumwollfeldern und an weit ausladenden Tabakpflanzen vorbei. Zwischen den Pflanzen hackten die Sklaven die Erde, genau wie bei Massa Hensen. Julilly fragte sich, ob sie wohl an einem dieser Felder anhalten würden. Warum fuhren sie nur immer weiter und weiter? Wo war dieser »tiefe Süden«, von dem die Sklavenhändler sprachen?
Die Sonne glühte, sie stand jetzt genau über ihnen und sandte ihre Hitzestrahlen zur Erde. Die Kinder hatten aufgehört zu wimmern. Ihre Kehlen waren zu heiß und zu trocken.
Julilly blickte zu den schattigen Flecken neben der Straße. Aber die regungslosen Kiefern und die wuchtigen Eichen wuchsen etwas vom Pfad entfernt. Die Kinder baten um Wasser. Julilly hätte auch gern Wasser gehabt. Sie sah schon schimmernde Wasserpfützen vor dem Wagen, aber alle verschwanden, sobald der Karren näher darauf zufuhr.
Der Mann vorn auf dem Sitz trank aus einer schmutzigen Flasche, das Wasser tropfte über sein Kinn. Die Kinder beobachteten ihn gierig.
Der Wagen begann einen kleinen Berg hinaufzufahren. Dahinter kam ein anderer, höherer Berg. Wie Treppenstufen folgte ein Berg dem anderen. Die Bäume wuchsen hier dichter und sogen einen Teil der Hitze auf. Ein schnell dahinziehender Fluß funkelte über ihnen; Tropfen sprühten durch die Luft. Die Kinder preßten sich dichter an Julilly, in ihren Augen lag Angst. Sie hatten noch nie Wasser gesehen, das wie ein Vorhang vom Himmel fiel.
Der fette Mann befahl dem Wagenlenker, anzuhalten. Seine Flasche mußte aufgefüllt werden. Man machte

Rast.
Julilly hatte Angst und rührte sich nicht. Die angeketteten Männer ließen sich zu Boden fallen. Jetzt, da sie sich nicht mehr vorwärtsbewegten, fühlte Julilly die Nähe des Wagenlenkers und des öligen Mannes auf dem Pferd. Doch der fette Mann ritt mit seinem Pferd zu dem reißenden Fluß hin, und der Fahrer stieg von seinem Sitz und streckte sich unter einem Baum aus.
Julilly und die Kinder sahen dem sprudelnden Wasser zu. Gleich daneben stand ein großer weißer Mann und hackte mit einer schimmernden Axt Holz. Ein farbiger Junge arbeitete neben ihm und schichtete die zerteilten Stämme zu einem langen und ordentlichen Stoß auf.
Mit ihrem eigenen Durst und ihrem ausgedörrten Mund hatte Julilly ganz vergessen, daß auch die Kinder durstig waren.
»Julilly, hol Wasser für uns.«
»Bitte, Julilly, hol uns Wasser«, bettelten sie.
Vorher war immer Mammy Sally dagewesen und hatte geholfen, wenn es nötig gewesen war. Julilly fühlte einen dicken Kloß im Hals, und Furcht vor dem Ungewissen überfiel sie. Der dicke weiße Mann war eigenartig und grausam. Das fallende Wasser war eigenartig und furchteinflößend. Ben, Lester und Adam schienen wie Fremde und waren völlig hilflos. Nur Lester, der Mulatte, hob den Kopf; er hatte immer noch die gleichen zornigen Augen. Dort, wo die Ketten an seinen Füßen scheuerten, sah Julilly Blut.
Der große Mann beim Wasserfall blickte auf und sah die Sklavenkinder auf dem Karren. Er ließ seine Axt fallen, kam auf sie zu und winkte dem Jungen, ihm zu folgen.
Er hatte keine Peitsche in der Hand. Sein Gesicht war knochig, aber es war sanft. Auf dem Kopf trug er einen grauen Hut mit breiter Krempe, und sein langer grauer Mantel hatte keinen Kragen. Er ging auf Lester zu.

»Warum bist du angekettet?« fragte er leise.
Lester deutete auf den schlafenden Fahrer unter dem Baum und dann zu dem fetten Mann auf dem Pferd weit unten am Fluß.
»Sie haben uns von unseren Frauen und Kindern weggeholt. Sie haben uns angekettet, damit wir nicht fliehen und zu ihnen zurückgehen können. Man hat uns verkauft.«
Der große Mann schüttelte den Kopf.
»Ihr braucht Wasser«, sagte er einfach. Er drehte sich zu dem kleinen schwarzen Jungen um. »James, füll Wasser in den großen Eimer und bring die Trinkgefäße.«
Schon ein paar Minuten später stand der Eimer auf der Straße. Die Trinkgefäße wurden eingetaucht, und die Männer begannen zu trinken. Der kleine Junge kam zu Julilly und brachte ihr einen überschwappenden Becher. Er hielt ihn fest, während sie zweimal gierig schluckte. Doch dann hielt sie inne, nahm den Becher und hob ihn vorsichtig an die Lippen der kleinen Kinder.
Julilly wollte ihm danken, aber sie wußte nicht wie.
»Bist du der Sklave des großen Mannes?« fragte sie statt dessen.
»Nein«, sagte der Junge rasch. »Ich bin frei. Mr. Fox bezahlt mich für das Aufstapeln des Holzes.«
Bevor Julilly noch etwas sagen konnte, kam der fette Mann auf dem Rücken des Pferdes angetrabt. Er hieb mit seiner Peitsche über den nackten Rücken der angeketteten Männer und schrie wutentbrannt:
»Hört nicht auf diesen Quäker und Abolitionisten und auf den freien Niggerjungen! Ihre Worte sind böse und ihr Wesen ist zerstörerisch!«
Der Kutscher schüttelte sich, um wach zu werden, und sprang auf seinen Platz. Der Wagen setzte sich holpernd und rüttelnd in Bewegung. Die Ketten klirrten und scharrten.

Julilly blickte den freien schwarzen Jungen noch einmal an. Er stand bei dem großen Mann und hielt die Hände fest zusammengepreßt. Tränen rannen ihm über die Wangen.

Ein Teil der Furcht und ein Teil des Schmerzes fielen von Julilly ab. Sie begann, die seltsamen Worte des fetten Mannes nachzusagen – »Quäker und Abolitionist, freier Niggerjunge . . . Quäker und Abolitionist, freier Niggerjunge . . .« –, und sie überlegte sich, ob diese Worte vielleicht irgend etwas mit Kanada zu tun hatten.

4

Ein Tag ging in den nächsten über, und dann in den übernächsten. Der schwankende und rüttelnde Wagen wurde für Julilly und die kleinen Kinder zur Heimat. Sein Scharren und Klappern war wie eine Wand, die sie gegen die laute Stimme des fetten Mannes und das Klirren der quälenden Ketten abschirmte. Manchmal, wenn der Wagen nachts auf einem hohen windigen Berg unter den dunklen Bäumen und den silbernen Sternen anhielt, war es sehr kalt. Dann drängten sich die Kinder an Julilly, und sie wärmte sie in ihren dünnen, starken Armen so gut sie konnte.

Wenn der Tag anbrach, mit seiner weißglühenden Sonne, die den Weg in eine Staubwolke verwandelte, kühlte Julilly die Münder der Kinder mit Wasser aus dem Trinkgefäß, das ihr der freie schwarze Junge gegeben hatte. Sie füllte es jetzt immer auf, wenn der Wagen an einem Fluß anhielt und der fette Mann ihnen einen kalten Maiskuchen mit einem Kleks Schmalz darauf zuwarf. Sie benutzte das Gefäß auch dazu, Wasser über die geschwollenen und blutenden Knöchel von Lester, Adam und Ben zu gießen, wenn die weißen Männer weggingen, um am

Ufer eines Flusses zu angeln.
Julilly redete selten. Es gab nichts zu sagen. Aber sie teilte die stille Furcht und den Zorn der anderen. Manchmal, wenn der rotnackige Kutscher schlief und der fette Mann zum Angeln ging, dachte Julilly daran, vom Wagen zu springen und in die Wälder zu rennen. Aber wer würde sich um die kleinen Kinder auf dem Wagen kümmern, wenn sie das tat? Wer würde Wasser über die offenen Knöchel von Lester, Adam und Ben gießen? Sie war die einzige, die stark und mutig genug war, ihnen zu helfen. Und auch Lesters feindseliger, funkelnder Haß und sein erhobener Kopf hielten sie zurück. Sein Stolz brachte ihm ständig Hiebe von der Peitsche des fetten Mannes ein. Die Kinder weinten, und die Peitsche schwebte drohend hoch über ihren Köpfen.
»Haltet euren kleinen schwarzen Mund, oder die Peitsche wird es euch lehren«, schrie der dicke Mann.
Zur Antwort sang Julilly immer, langsam und leise und tief, und die Kinder hörten zu und dachten an ihre Mütter und an die Hütten bei Massa Hensen. Julilly sehnte sich so nach Mammy Sally, und sie sang die Lieder, die Mammy immer gesungen hatte.

I am bound for the promised land.
I am bound for the promised land.
Oh, who will come and go with me?
I am bound for the promised land.

Julilly wußte nicht warum, aber irgendwie gaben ihr Lesters hochaufgerichteter Kopf und seine zornigen Augen Kraft. Wenn sie nachts auf dem rauhen Boden des Wagens aufwachte, wenn sie fror und Angst hatte, fühlte sie sich besser, wenn sie daran dachte, daß Lester nicht weit war. Er half ihr, den freien schwarzen Jungen und den großen freundlichen Mann, der ihn für seine Arbeit bezahlte, in Erinnerung zu behalten. Und vor allem half er

ihr, Kanada nicht zu vergessen.
Eines Tages fuhr der Wagen durch einen Zypressensumpf. Das schlammige Wasser lag so ruhig wie ein flacher, glatter Spiegel. Die Bäume wuchsen hoch und gerade daraus hervor, und ihre weichen grünen Nadeln filterten die Sonne wie große Siebe. Kleine Sonnenfleckchen tanzten auf dem Wasser. Ein himmlisches Bild, dachte Julilly und hielt voller Staunen den Atem an.
Aber der feuchte Schlamm zog die schweren Ketten nach unten und zerrte an den Beinen von Sam und Adam. Spritzend und keuchend fielen sie ins Wasser. Lester packte sie am Arm und zerbiß sich vor Schmerzen an seinen eigenen zerschundenen Beinen die Lippen. Seine Muskeln waren bis zum Zerreißen gespannt, doch schließlich zog er die beiden aus dem Schlamm. Die Peitsche des fetten Mannes klatschte aufs Wasser und auf die nassen, schlammigen Rücken der Sklaven.
Ein plötzlicher Regenguß drang durch die Nadelbäume. Der Fahrer des Wagens zog die Schultern hoch bis zur Krempe seines großen Hutes, so daß dieser wie ein Regenschirm über ihm lag. Der dicke Mann drängte sein Pferd am Wagen vorbei nach vorn und verkroch sich unter einem Baum mit tiefhängenden Zweigen. Für Julilly, die Kinder und die Männer, die sich verzweifelt in dem saugenden Schlamm vorwärtskämpften, gab es keinen Schutz.
Genauso plötzlich, wie der Regen eingesetzt hatte, verlor Julilly ihre Angst. Sie mußte den Männern im Wasser helfen. Vielleicht war es so, wie Mammy Sally immer gesagt hatte: »Der Herr hat dich nicht umsonst groß und stark gemacht.« Sie schlüpfte zum hinteren Ende des Wagens und begann hinunterzuklettern. Sie sah, daß Lester still dastand und sie anstarrte. Er schüttelte leicht den Kopf – er wollte sie warnen, nicht herunterzukommen. Aber der Zorn auf seinem Gesicht wich einem schnellen

Lächeln, und in seinen auf ihr liegenden Augen spiegelten sich Stolz und Zustimmung. Lester war stolz auf sie!

Julilly watete in den Sumpf und hob die schlammbedeckte Kette hoch. Von dem schweren Gewicht befreit, konnten die Männer ihre Beine wieder heben. Das Pferd zerrte den Wagen vorwärts, bis er wieder auf festen, trokkenen Grund rollte und Julilly zu den kleinen Kinder zurückkletterte.

Der Regen hörte auf, und eine goldene Sonne warf einen warmen Lichtkreis über sie alle. Julilly begann zu singen:

Jenny crack corn and I don't care,
Jenny crack corn and I don't care,
Jenny crack corn and I don't care,
My massa's gone away!

Die Kinder lächelten und baten sie, das Lied noch einmal zu singen.

5

Eines Tages wurde das Land wieder flach, und auf beiden Seiten des Wagens erschienen grüne Felder mit Baumwollpflanzen. Zwischen den Pflanzen standen Sklaven, die den fruchtbaren schwarzen Boden mit ihren langstieligen Hacken bearbeiteten.

»Sieht so aus, als hätten wir das gute alte Mississippi endlich erreicht«, rief der fette Mann dem Kutscher zu, der auf seinem Sitz dahinruckelte.

»Jetzt dauert es nicht mehr lange.« Das war einer der wenigen Sätze, die der Fahrer auf der langen Reise von sich gegeben hatte.

Julilly war zur gleichen Zeit erleichtert und beunruhigt. Das hier mußte also der schreckliche »tiefe Süden« sein,

über den die Sklaven bei Massa Hensen gesprochen hatten. Aber das hieß auch, daß der Wagen bald anhalten würde. Vielleicht war sogar Mammy Sally hier?
An einer Rinne in der Straße bog der Wagen auf einen Pfad, der direkt auf ein Feld zu führen schien. Der Fahrer und der dicke Mann waren offensichtlich angespannt und nervös. Sie glätteten ihr Haar und ordneten ihre zerknitterten Hemden und schmutzigen Hosen, so gut es ging.
Dann hörte der Wagen auf zu rütteln, und der Weg wurde glatt und hart. Statt des Dornengestrüpps und der wilden Büsche auf beiden Seiten erschienen jetzt Reihen von hohen Eichen mit rauher Rinde. Julillys Augen wurden ganz groß, denn von den Zweigen hingen wolkenartige, hin- und herschwingende Schleier aus grauem Moos. Es war kühl und weich und wunderschön, und Julilly hätte es gern angefaßt. Aber die Baumreihe mündete auf eine Fläche aus dichtem grünem Gras. Der Rasen wurde überschattet von drei weit ausladenden Magnolienbäumen. Frische weiße Blüten leuchteten zwischen den schweren wächsernen Blättern. Für Julilly sahen sie aus wie die weißen, zum Trocknen aufgehängten Leinenservietten aus Missy Hensens Haus. Ein süßer Duft erfüllte die Luft.
Dann sah Julilly das Herrenhaus. Sie starrte es an. Es war ganz anders als das von Massa Hensen. Strahlend weiße Säulen ragten vor dem größten Haus auf, das sie je gesehen hatte. Sie sahen aus, als wüchsen sie aus der Erde hervor. Und zwischen den Säulen glänzten weiße Stufen. Sie führten fächerartig nach oben, wie der Schwanz eines Pfaus. Zwei Weiße saßen in breiten Korbsesseln auf dem grünen Rasen. Der Mann war groß und schlank. Julilly fiel auf, daß sein Haar kupferrot war und daß sein spitzer, gestutzter Bart genau die gleiche Farbe hatte. Der Mann hatte die Beine übereinandergeschlagen, und seine

hohen Reitstiefel glänzten wie Teiche mit schlammigem Wasser. Er knallte mit einer Reitpeitsche und lachte über eine Gruppe von weißen Gänsen, die über den Rasen stolzierten. Die Frau war zart und lehnte sich in ihrem Sessel zurück, umrahmt von den weichen Wolken ihres rosafarbenen Kleides. Keiner der beiden blickte zu Julillys Wagen hinüber. Sie beachteten auch den auf sie zugehenden Mann kaum, bis der sagte: »Guten Morgen, Sir.« Der dicke Mann verbeugte sich leicht und wartete.
»Wie ich sehe, Sims«, sagte der Mann im Sessel mit schleppender Stimme, »hast du uns ein paar erbärmlich aussehende Sklaven angebracht.« Er blickte kurz zu den angeketteten Männern hinüber. »Bring sie in's Niggerquartier und sorge dafür, daß sie morgen früh zum Arbeiten bereit sind!«
»Ja, Sir.« Sims verbeugte sich noch einmal. »Ich wünsche einen schönen Tag, Miss Riley – Master Riley.«
Der fette Mann ging zurück zum Sklavenwagen.
»So«, dachte Julilly, »das ist also die Riley-Plantage, und das ist der Massa, so wie Massa Hensen.« Und mit einem Schock wurde ihr klar, daß der fette Mann, Sims, der Aufseher war. Er war der Boss über die Sklaven.
Der Wagen bog auf einen schmalen Weg hinter dem Herrenhaus. Unkraut und Dornengestrüpp wucherten zwischen den Bäumen. Am Ende der Straße lag ein großer Platz, aber dort wuchs kein Gras. Die stampfenden nackten Füße von Hunderten von Schwarzen hatten die Erde in einen harten und kahlen Boden verwandelt.
Es mußte Sonntag sein, überlegte Julilly, denn die Sklaven waren alle zu Hause. Ob es hier wohl auch so war wie bei Massa Hensen, wo man sonntags nicht auf den Feldern arbeitete, sondern Wäsche wusch, kochte und Besuche machte? Und vielleicht gab es auch hier, wie bei Massa Hensen, ein Banjo, und man sang und tanzte.
Die kleinen Kinder lehnten sich eifrig über den Wagen-

rand. Vielleicht erwarteten sie, hier ihr Zuhause und ihre Mammies zu finden.

Aber Julilly zog sich in eine Ecke zurück. Hier war es nicht so wie in den Sklavenquartieren von Massa Hensen. Hier wurde nicht gelacht und kaum gesprochen. Die Alten lehnten träge an den Türen der langen, halbzerfallenen Hüttenreihen. Die Kinder saßen im Staub, mit Beinen, die so dürr waren wie die von Hühnern, und kratzten sich mit Stöckchen und Federn. Sie hatten eingefallene Wangen, die jedes Lächeln von ihren winzigen Gesichtern wischten. Bei Massa Hensen waren die Hütten von einem Garten umgeben gewesen, und ein paar Hühner hatten im Boden gescharrt. Aber hier waren die Hütten niedrig und häßlich. Die Türen hingen an zerbrochenen Scharnieren und dort, wo der Schlammverputz herausgefallen war, klafften große Lücken in den Holzwänden.

In den Augen der Sklaven lag Furcht und unausgesprochener Haß, als der fette, rotgesichtige Sims näher kam. Er hielt zwischen den Hüttenreihen und strich mit seiner schwammigen Hand über sein ölig-feuchtes Haar.

Seine Vogelstimme kreischte: »Nehmt die Männer hier mit zum Werkzeugschuppen, ihr faulen Nigger, und macht die Ketten los. Sorgt dafür, daß sie am Morgen bereit sind zur Arbeit.« Er stieß mit dem Fuß in die Richtung von Adam, Ben und Lester.

Julillys Wagen hielt vor einem niedrigen Gebäude. Es war länger als die anderen Hütten.

»Nimm die Babies, Oma«, rief Sims einer schwermütigen alten Frau zu, die so ausgetrocknet aussah wie ein gekräuseltes braunes Blatt. Sie sog an einer leeren Pfeife. Eine jüngere Frau kam heran und trug ein Kind nach dem anderen in das niedrige Haus. Sie wimmerten und griffen nach Julilly, aber die Frau verschloß ihnen den Mund mit ihrer breiten schwarzen Hand und brachte sie rasch

durch die schiefhängende Tür.
Julilly begann vom Wagen zu klettern, um ihnen zu folgen. Sie waren jetzt fast wie ihre eigenen Babies. Der kleine Willie riß sich von der runzeligen alten Oma los und hielt sich an Julillys Rock fest. »Julilly«, brüllte er.
Sims warf den beiden einen wütenden Blick zu.
»Bring den Kleinen zur Ruhe, Oma!« schrie er die alte Frau an.
Sie packte Willie mit einer ihrer klauenartigen Hände und hielt ihm mit der anderen den Mund zu.
Sims musterte Julilly abschätzend mit seinen kleinen Augen.
»Sie ist groß und stark für ihr Alter. Steck sie zu den Feldniggern, die keine Familie haben.«
Er deutete mit der Peitsche auf eine andere lange Hütte.
Julilly ging von den Kindern weg auf die häßliche, lange Baracke zu und trat ein. Luft und Licht drangen nur durch die offene Tür und die Risse in der Wand. Der harte Erdfußboden war vollgepackt mit Mädchen, von denen jede ein schmutziges Lumpenbündel umklammerte. Julilly schaute sich nicht um, ob Mammy Sally hier war. Hier wollte sie ihre Mutter nicht finden.
Neben einem mürrischen, buckligen Mädchen war noch ein freier Platz. Selbst in dem Dämmerlicht der Hütte konnte Julilly die häßlichen Narben an ihren Beinen und auf ihren Wangen sehen.
»Ich heiße Liza«, sagte eine leise Stimme aus dem tiefen Schatten neben der Wand.
Julilly setzte sich neben sie.

6

Liza war die einzige in dem langen Raum, die Julilly willkommen hieß. Über allen anderen lag eine Teilnahmslosigkeit, die wie eine Krankheit war.
Liza streckte den Arm aus, berührte Julillys Hand und zog sie neben sich.
»Hat man dich von deiner Mammy weggeholt?« fragte sie.
Julilly nickte. Und zum ersten Mal, seit sie die Hensen-Plantage verlassen hatte, begann sie zu weinen. Hier konnte der fette Sims sie nicht beobachten. Und die anderen in der Hütte interessierte es nicht.
Liza saß still da. Julillys Schluchzen war das einzige Geräusch in dem dunklen Raum. Das bucklige Mädchen kroch näher und wartete. Eine lange Zeit verging, bevor Julilly sich die Augen abwischte und still war.
»Das ist ein schlimmer Platz hier«, murmelte Liza.
Julilly stimmte zu. »Bist du schon lange hier?« fragte sie. Es tat gut, mit jemandem zu reden. In dem holpernden Wagen hatte sie hauptsächlich den kleinen Kindern etwas vorgesungen. Dagegen hatte der fette Sims nichts gehabt, aber er hatte geschimpft, sobald sie versuchte, mit Lester oder Adam zu reden.
Liza betrachtete Julilly genau, bevor sie antwortete.
»Ich bin letzten Sommer während der Baumwollernte gekommen«, sagte sie. »Ich wurde verkauft, gekauft und hier hereingestopft, um hier zu leben wie ein Schwein.« Ihre Stimme war tief und leise, und Julilly mußte sich vorbeugen, um sie zu verstehen.
Julilly hätte gern noch mehr Fragen gestellt, aber sie hielt sich zurück: sie war nicht sicher, ob sie die Antworten auch wirklich hören wollte.
»Du hast meinen krummen Rücken und meine vernarb-

ten Beine angeschaut«, sagte Liza offen. Sie schien Julillys Gedanken zu lesen.
»Der alte Sims peitscht mich gern«, fuhr sie fort. Sie sah erschöpft aus und legte ihren Kopf auf ihre hochgezogenen Knie. »Ich habe versucht wegzurennen. Ich wurde wieder eingefangen. Der alte Sims hat mich ausgepeitscht, bis ich dachte, ich müßte sterben.«
Julilly fühlte, wie es ihr kalt über den Rücken kroch. Ihr Hals wurde ganz eng, und sie konnte nur noch stoßweise atmen.
»Die Sklaven auf der Plantage von Massa Hensen hatten Angst vor dem Land hier«, antwortete sie ihrer neuen Freundin.
Liza wurde plötzlich ruhiger.
»Weißt du, was mein Daddy mir einmal gesagt hat? Er war Prediger, dort wo wir lebten. Er sagte: ›Liza, die Seele ist entweder schwarz oder weiß, und das hängt davon ab, wie man lebt, und nicht davon, welche Hautfarbe man hat.‹ Ich glaube, der olle Sims hat eine Seele wie eine verfaulte Rübe.«
Beide Mädchen lächelten.
Eine Glocke ertönte und erweckte die regungslosen Mädchen in der Hütte zum Leben. Sie begannen, nach und nach zur Tür hinauszugehen. Julilly und Liza folgten.
Die helle Sonne blendete sie nach der Dunkelheit in der Hütte. Julilly kniff die Augen zusammen und riß sie dann weit auf. Sie fragte sich, ob das, was sie vor sich sah, Wirklichkeit sein konnte. Kleine Kinder, nackt und in der Sonne glänzend, rannten auf einen Holztrog im Hof zu. Ein Mann goß aus einem schmutzigen Eimer Maisbrei in den Trog. Die Kinder schlugen um sich und drängten auf Händen und Knien nach vorn – und dann saugten und schlabberten sie den gelben Brei, bis nichts mehr davon übrig war.
Julilly starrte ungläubig zu ihnen hin. Sie begann, nach

dem kleinen Willie und den anderen Kindern, die mit ihr im Wagen gesessen hatten, Ausschau zu halten. Aber sie waren nicht da. Sie hatten noch nicht gelernt, ihr Essen aus einem Trog zu schlabbern wie Schweine. Aber Julilly wußte, daß sie das schnell lernen mußten, andernfalls würden sie nichts zu essen bekommen. Ihr war schlecht. Jetzt verstand sie, warum die Sklaven in Virginia sich vor dem Land, das der »tiefe Süden« genannt wurde, so fürchteten. Liza hatte recht. Diese Plantage war ein schlimmer, ein schrecklicher Platz.

Liza zog Julilly in die Schlange der älteren Jungen und Mädchen. Sie versammelten sich um eine schwarze Waschschüssel, in der Kohlblätter kochten und dampften und wo ab und zu kleine Stückchen fetten Schweinefleisches nach oben kamen. Jeder hatte eine Schale, die er eintauchte. Julilly aß aus der Schale Lizas mit, bis eine alte Frau herkam und ihr eine eigene brachte.

Es wurde nicht viel geredet. Alle waren zu hungrig.

Julillys Schale war leer, und es war nichts mehr da, um ihren schmerzenden Magen zu füllen, außer einem Schöpflöffel Wasser.

Julilly sah, daß in dem Gang der Leute auf dem Sklavenhof von Massa Riley keine Fröhlichkeit und kein Übermut lag. Bei Massa Hensen versammelte man sich an den freien Tagen, um zu lachen und zu singen. Hier sah es so aus, als würden Geister herumgeschoben. Die Sklaven waren so dünn und so zart wie Schatten.

Wieder zerrte Liza Julilly am Arm. Diesmal führte sie Julilly zurück in die Hütte, zog ihr das zerlumpte Hemd aus und streifte ihr einen löchrigen Sack über.

»Warum machst du das?« protestierte Julilly.

»Sonntags waschen wir alle alten Fetzen, die wir die Woche über anziehen.« Liza wurde wieder mißmutig. Man hätte sie für eine gebeugte alte Frau halten können, wenn man vergaß, die glatte schwarze Haut im Gesicht

und ihre jungen, traurigen Augen anzuschauen.
Die Mädchen warfen ihre schmutzigen Kleider in einen der Waschbottiche auf dem Sklavenhof und bewegten sie in dem dampfenden Wasser auf und ab.
»Hier ist dein ›Kampfstock‹«, sagte Liza und gab Julilly einen festen Stab. »Jetzt legen wir unsere Hemden auf den alten Holzblock hier und schlagen den Schmutz einfach heraus.«
Schließlich wurden die jämmerlichen Lumpen über einem Ast zum Trocknen aufgehängt.

In dieser Nacht kroch Julilly in die lange, schäbige Hütte, in der die Mädchen wohnten, die keine Eltern hatten. Sie legte sich neben Liza, die ihren Lumpenhaufen mit ihr teilte. Keiner sprach, alle schliefen. Julilly blickte in die Dunkelheit. Sie hatte Angst vor dem Morgen, wenn Sims wieder da sein würde: Liza hatte ihr gesagt, daß die Baumwolle auf einigen Feldern reif war zum Pflücken. Sie dachte an die kleinen Kinder, an Adam, Ben und Lester; und sie fragte sich, wo Mammy Sally heute nacht wohl schlafen mochte.
»Herr hilf, daß wir uns wiederfinden«, betete sie und schlief ein.
Julilly kam es so vor, als seien nur ein paar Minuten vergangen, als eine schrille Glocke in der Dunkelheit erklang. Liza zog sie am Arm hoch und führte sie nach draußen, wo unter den schwarzblättrigen Bäumen ein Feuer prasselte. Die Sklaven gingen in einer Schlange daran vorbei. Julilly folgte. Jeder bekam einen Maiskuchen und eine Schale Wasser zum Frühstück. Langsam schob sich die Schlange weiter. Diesmal streckten sich die Hände zu einem Eimer hin. Als Julilly in ihre eigene Hand schaute, sah sie dort einen zweiten Maiskuchen mit einem kalten Speckstreifen.
»Das ist dein Mittagessen«, flüsterte Liza. »Das mußt du

dir aufheben.«
Die Schlange ging weiter – Frauen, Männer und Kinder, alles durcheinander. Als nächstes erhielten sie alle Säcke – sie waren kurz und breit und wurden um den Hals gebunden. Julilly wußte, daß sie bis zum Abend mehr als einen Sack mit den weißen Baumwollsamen füllen würde.
Julilly hatte schon drei Jahre lang Baumwolle gepflückt. Der Aufseher bei Massa Hensen hatte sie immer gelobt – sie brach die Zweige nicht vom Stamm ab, wenn sie die Samenkapseln abzupfte. Sie konnte mit beiden Händen nach den Kapseln greifen und sie in den schwingenden Sack stecken, ohne eine fallenzulassen.
Die Schlange der Sklaven, die hinter dem fetten Sims im Feld dahinstapfte, schien Julilly endlos lang. Sims schwankte auf seinem Pferd vor und zurück und knallte mit seiner neunschwänzigen Katze[1] gegen den rosafarbenen Himmel. Bald würde die Sonne aufgehen und die Kühle der Morgendämmerung verbrennen.
Julilly folgte Liza. Sie sah, daß das Mädchen hinkte und daß sie sich vorbeugte, als würde ihr Rücken versuchen, die Last des Sacks wegzustoßen.
»Sie ist zu oft gepeitscht worden«, sagte eine Sklavenfrau hinter Julilly und deutete auf Liza.
Die Sonne war gerade erst aufgegangen, als sie mit dem Pflücken begannen.
Ein lauter Schrei vom anderen Ende der Baumwollreihe brachte Julilly mitten in der Bewegung zum Erstarren. Der fette Sims war von seinem Pferd abgestiegen und ließ die Peitsche über den Rücken eines alten weißhaarigen Mannes klatschen.
»Er peitscht gern alte Leute und Krüppel wie mich«, sagte Liza leise, ohne den Kopf zu heben.

[1] Peitsche mit neun Lederriemen

Julilly sah, daß Liza die hohen Zweige mit ihrem gekrümmten Rücken nicht erreichte, deshalb begann sie, die geöffneten Kapseln von den obersten Zweigen zu zupfen und überließ Liza die weiter unten. Ihre neue Freundin schenkte ihr ein dankbares Lächeln.

Die Sonne stieg auf, weiß und heiß, und verbrannte die nackte Haut der zerlumpten Sklaven. Das Gesicht von Sims glänzte vor Schweiß, der auch vom breiten Rand seines Hutes tropfte. Keiner der Sklaven trug einen Hut. Für ihre Köpfe gab es keinen Schatten.

Je höher die Sonne stieg, desto wütender wurde Sims. Sobald langsamer gearbeitet wurde, kam er mit der Peitsche. Julillys Angst vor dem Mann verwandelte sich in Verzweiflung und dann in tiefen Abscheu. Sie hatte noch nie jemand derart verabscheut wie diesen fetten Sims mit seinen winzigen Augen. Sie vermied es, ihn anzublicken. Wenn er in ihre Nähe kam, arbeitete sie stetig weiter und versuchte, Liza zu verdecken, die unter ihr kauerte und die Baumwolle von den niedrigen Zweigen pflückte.

Einmal, als Sims gerade an ihnen vorbeigegangen war, sagte Liza: »Der Mann denkt, ein Sklave sei wie ein Arbeitspferd. Wenn man sich so benimmt wie ein Arbeitspferd, dann kommt man gut mit ihm aus. Aber wenn nicht – dann ist er sofort da mit der neunschwänzigen Katze.«

Die Arbeit ging weiter – pflücken, den Sack füllen – ihn in Körbe ausleeren – zusammenstampfen. Die kurze Mittagspause von fünfzehn Minuten schien nicht länger zu dauern als ein Moskitostich.

Die Sklaven pflückten immer noch, als die Dämmerung anbrach und die rote Sonne verschwand, um ihr Feuer hinter der Erde abzukühlen. Der lange Marsch zurück zu den Sklavenquartieren verlief in aller Stille; nur das schlurfende Geräusch der müden Füße im Staub war zu hören.

In dieser Nacht war es in der niedrigen Hütte, wo Julilly und Liza auf ihrem Lumpenbündel lagen, so dunkel wie in einer Schlangenhöhle. Kein Windhauch war zu spüren; die Hitze des Tages stand in der Hütte wie die Glut eines Holzscheits.

Julilly tat vor Müdigkeit alles weh, und der Hunger zerfleischte ihr die Eingeweide. Zum Nachtessen hatte es nur Rüben und ein wenig Fleisch gegeben. Die anderen Sklavenmädchen in der Hütte schliefen fest, aber Liza war unruhig. Sie streckte in der Dunkelheit die Hand aus und berührte Julilly.

»Du bist meine Freundin«, flüsterte das verkrüppelte Mädchen, »keiner hat jemals für mich die Baumwolle hoch oben gepflückt, zu der mein armer Rücken sich nicht strecken kann.«

Julilly fühlte einen starken Drang, dieses zerschundene und verkrüppelte Mädchen, das einmal versucht hatte davonzulaufen, zu beschützen. Ganz allein war Liza in den Sumpf gerannt – war durch das schlammige Wasser gewatet und hatte ohne jeden Schutz geschlafen, bis Sims sie wieder aufgestöbert hatte.

Julilly rückte näher zu ihr hin und begann flüsternd von ihrem Leben auf der Hensen-Plantage zu erzählen und wie man sie an den fetten Sims verkauft hatte.

Schließlich berichtete sie, was ihre Mutter über Kanada und die Freiheit, die alle Sklaven dort erwartete, gesagt hatte. Zu ihrer Überraschung hatte Liza auch von Kanada gehört, und so unterhielten sich die beiden Mädchen und hingen ihren Träumen nach, bis sie einschliefen.

7

Die heißen Tage der Baumwollernte auf der Riley-Plantage nahmen kein Ende. Seit dem Tag, als sie auf der eleganten Straße angefahren gekommen war, vorbei an dem wehenden Moos, das von den riesigen Eichen hing, hatte Julilly das schöne große Haus, Massa Riley und seine Frau nicht mehr gesehen. Sie sah nur die langen niedrigen Schlafhütten in den »Niggerquartieren« und die Baumwollfelder, wo die großen Zweige mit ihren weißen Samenkapseln, die aussahen wie die Federn von tausend Schwänen, nach allen Seiten wuchsen.

Sims' bösartige Auspeitscherei gehörte jeden Tag dazu. Bis jetzt hatte er Julilly nicht angerührt. Ihr mit Baumwolle gefüllter Korb wog abends immer hundert Pfund. Sie paßte auf, daß der von Liza auch voll wurde. Es war eine beängstigende Angelegenheit, wenn man die Baumwollkörbe in den Schuppen zum Abwiegen schleppte und Sims dann feststellte, daß es nicht genug war. Die alten Leute litten am meisten. Fünfundzwanzig Schläge auf den Rücken mit der neunschwänzigen Katze war die Strafe, wenn man das Soll nicht erfüllte.

Julilly wurde es bei jedem Schlag schlecht.

Sie und Liza sprachen immer öfter über Kanada. Aber sie paßten auf, daß keiner zuhörte. Wenn man über die Flucht redete, wurde man ausgepeitscht. Aber manchmal hörten es die anderen Mädchen in der Hütte doch und mahnten sie ängstlich zur Vorsicht.

»Als ich in Tennessee lebte«, sagte ein Mädchen, »erzählte mir mein Massa, die Leute in Kanada würden die Haut vom Kopf der Schwarzen abziehen, alle ihre Kinder aufessen und deren Haar als Kragen um den Hals tragen.«

»Ich habe gehört«, flüsterte eine andere, »daß es dort so

kalt ist, daß die wilden Enten und Gänse im Winter das Land verlassen müssen. Es ist kein Land, wo Männer und Frauen leben können.«

Und eine dritte sagte: »In Kanada wachsen nur Saubohnen.«

Julilly versuchte, nicht zuzuhören. Sie mußte sich auf eine Sache konzentrieren: Mammy Sally hatte gesagt, dort wären die Sklaven frei und dort würden sie sich treffen. Dort, unter dem Nordstern, lag es und wartete.

Jede Nacht suchten Julilly und Liza den Sternenhimmel über den Sklavenquartieren ab, bis sie den hellsten Stern fanden. Er stand Wache über ein paar anderen, weniger hellen Sternen, die zusammen so ähnlich aussahen wie ein Trinkgefäß.

Eines Morgens regnete es leicht. Julilly und Liza kühlten sich die Füße in einer Pfütze neben dem Geräteschuppen.

»Ich spüre es in den Knochen, Liza«, lachte Julilly, »daß heute irgend etwas Besonderes los ist. Der alte Sims ist nicht so bösartig wie sonst.«

Der mißmutig zusammengekniffene Mund Lizas verzog sich zu einem vorsichtigen Lächeln. Das gab ihr mädchenhafte Züge, die sonst unter einem alten und unglücklichen Gesicht verborgen lagen.

»Vielleicht hat er einen Extraeimer voll Essen zum Frühstück verschlungen«, lachte sie ganz offen.

Julilly gefiel dieser unerwartete Humor.

»Heute klingst du ausnahmsweise nicht so giftig wie eine zischende Schlange«, kicherte sie leise. »Irgend etwas an diesem Tag ist wirklich anders.«

Der Marsch zum Baumwollfeld war heute auch nicht so schlimm, denn kühle graue Wolken verdeckten die Sonne, und die Furchen zwischen den Baumwollreihen waren weich und schlammig.

Aber die gute Laune von Sims währte nicht lange. Schon bald schrie er drohend herum, denn er erwartete starken Regen. Aber der kam nicht. Die Wolken verschwanden so still wie große Baumwollkapseln und dahinter schob sich die Sonne hervor, auf einen Flecken blauen Himmels. Die nasse Erde begann zu dampfen, und die von der Feuchtigkeit taumeligen Moskitos surrten um Julillys Gesicht. Sie konnte nicht nach ihnen schlagen, denn ihre Hände mußten den Rhythmus des Pflückens beibehalten. Liza, die gebeugt an den unteren Zweigen arbeitete, schwankte, als wäre ihr übel.

»Mein Rücken tut so weh«, murmelte sie Julilly zu, ohne den Kopf zu heben.

Die Sonne stand noch nicht ganz oben am Himmel, und vor der kurzen Pause und dem kümmerlichen Mittagessen mußte noch eine ganze Reihe Baumwolle gepflückt werden. Julilly war nicht klar, wie sie die Moskitos und die dampfende Hitze länger aushalten sollte. Sie konnte kaum atmen in dieser schwülen Luft.

Plötzlich wurden von überall heimliche Blicke zu den Sklavenquartieren geworfen, ohne daß einer das Pflükken unterbrochen hätte. Ein fremder weißer Mann kam die Straße entlang auf Sims zu. Neben ihm hastete der große, schlanke Massa Riley. Julilly erkannte ihn sofort an seinem kupferroten Bart. Sein gleichfarbiges Haar war von einem breitkrempigen Hut bedeckt.

Wenn der fremde Mann ein Plantagenbesitzer war, so sah er zumindest nicht so aus und kleidete sich auch nicht so. Er war eher gekleidet wie ein Sonntagspriester, mit einem ganz zugeknöpften Jackett mit langen Schößen und einem weißen Hemd, das um den Kragen herum gestärkt war. Er hatte einen rundlichen Bauch, aber er trug die Schultern gerade und er ging so rasch, daß Massa Riley ihm nur mit Mühe folgen konnte.

Julilly hatte keine Angst. Auch wenn er gekommen sein

sollte, um Sklaven zu kaufen – es gab sicher keinen schlimmeren Ort als hier bei Massa Riley. Aber es war kein gewöhnlicher Mann, dessen war sie sicher.
Als Sims seine Peitsche senkte und auf den Mann zuging, verringerten die Sklaven unmerklich ihre Pflückgeschwindigkeit. Der fremde Mann beugte den Kopf. Der war groß und mit dichtem braunem Haar bedeckt, das ordentlich aus der Stirn nach hinten gekämmt war. Der Mann hatte einen rötlichen Vollbart.
Massa Rileys langsame, schleppende Stimme hing schwer in der heißen, unbewegten Luft, und man konnte zwischen den Baumwollreihen jedes Wort hören.
»Das ist Mr. Alexander Ross.« Er zog die Worte in die Länge wie Fäden eines Karamelbonbons. »Er kommt aus Kanada, um in unserem schönen Süden Vögel zu studieren.«
Julilly erstarrte. Ihr ganzer Körper schien zu zittern. Das Wort »Kanada« hatte sie wie ein Blitz getroffen und sie aus dem Gleichgewicht geworfen. Liza streckte den Rükken gerade und stöhnte vor Schmerzen. Sie wollte den Mann aus Kanada ebenfalls sehen.
Mr. Ross verbeugte sich vor Sims. Die beiden standen dicht bei Julilly.
Julilly unterbrach ihr Pflücken. Sie starrte Mr. Alexander Ross an, der, wie es schien, zu den Sklaven hinschaute und nicht zu den Vögeln am Himmel. Seine Augen waren umringt von Lachfältchen. Sie sahen aus wie die Augen von Old John auf der Plantage von Massa Hensen. In einem Moment litten sie mit einem unglücklichen Mann – und schon im nächsten lachten sie wie die fröhlichen Melodien einer Fidel. Die kleinen, grausamen Augen von Sims veränderten sich nie.
Julilly hatte schon vor langer Zeit von Mammy Sally gelernt, daß man die Gedanken eines weißen Mannes ganz leicht an seinen Augen ablesen konnte. Die Schwarzen

hatten es gelernt, ihre Gedanken tief im Innern zu verbergen und einen Schleier über die Augen zu legen, damit der weiße Mann nicht hineinblicken konnte.

»Ich bin Ornithologe, Mr. Sims.« Der stattliche Kanadier senkte das Gewehr, das er trug, und streckte Sims die rechte Hand hin. Der Händedruck war kurz. »Ich möchte die Vögel in dieser Gegend genau untersuchen, und ich könnte ein paar Ihrer Sklaven als Führer gebrauchen.«

Sims war nicht beeindruckt. Er blickte über das Feld und begann mit einem spitzen Zweig zwischen den Zähnen zu stochern.

»Sie können sie sich genausogut selbst aussuchen«, brummte er. »Zur Zeit ist viel zu tun, und ich kann höchstens zwei Männer entbehren.«

Massa Riley mischte sich ein. »Mr. Ross kennt genug wissenschaftliche Vogelnamen, um damit einen Zweihundert-Pfund-Baumwollsack zu füllen.« Er blickte seinen Gast stolz an. »Beim Abendessen gestern hat er unsere Gäste ganz verzaubert mit seinen Erzählungen.«

Julilly starrte immer noch. Der Mann mußte wirklich aus Kanada sein. Sowohl seine Sprache als auch seine Kleidung waren ganz anders. Er sprach rasch und abgehackt und nicht so, wie alle anderen weißen Männer, wo die Worte ohne Zwischenraum ineinander übergingen.

»Sims wird sich um alles kümmern.« Massa Riley verbeugte sich vor Ross, winkte zum Abschied und wandte sich von den Feldern ab zum Herrenhaus und zu dem kühlen grünen Schatten der Magnolienbäume.

Sims' Blick fiel auf Julilly.

»Geh an deine Arbeit, Niggermädchen!« schrie er. Seine Peitsche klatschte auf ihren Rücken. Es schmerzte wie der plötzliche Stich von hundert Bienen. Julilly hatte gesehen, wie andere gepeitscht wurden, besonders hier bei Massa Riley, aber sie hatte die Peitsche noch nie zu spüren bekommen. Sie beugte sich nach vorn, packte Lizas

Arm und erwartete den nächsten Schlag.
Aber der kam nicht. Mr. Ross griff nach dem erhobenen Arm von Sims und führte ihn fest die Baumwollreihe hinunter. Er ging hoch aufgerichtet und schnell und deutete die ganze Zeit zu einer entfernt liegenden Stelle, wo eine Gruppe junger Männer Körbe mit gepflückter Baumwolle zum Baumwollschuppen trug.
Julilly verdoppelte ihre Geschwindigkeit beim Pflücken. Sie war zornig und sie hatte Angst. Sie war Sims als eine Sklavin aufgefallen, die neugierig zuschaut und dem Gespräch der weißen Männer zuhört, und das würde er nicht mehr vergessen. Er würde sie von jetzt an öfter auspeitschen.
Die Sonne schien heiß und weiß vom Mittagshimmel. Sims kam zurück und marschierte mit seiner wütenden Peitsche wieder die Reihen auf und ab. Hier und dort waren Schreie zu hören, wenn er sie benutzte. Mr. Ross blieb in seiner entlegenen Ecke stehen und sprach mit den jungen Männern.

8

Die Ankunft von Mr. Ross brachte Unruhe unter die Sklaven. Julilly spürte es wie einen Funken, der überall zwischen den Baumwollreihen aufflackerte. Irgend etwas in der Art, wie der breitschultrige Kanadier den erhobenen Arm von Sims gepackt hatte, als der ein zweites Mal nach ihr schlagen wollte, hatte in Julilly eine Hoffnung erweckt.
Sie konnte nicht mit Liza reden. Sims war zu nah. Sie begann schnell zu pflücken, und so oft es möglich war, stopfte sie Baumwollkapseln in Lizas tiefhängenden Sack. Ohne den Kopf zu bewegen, konnte sie sehen, wie

Mr. Ross mit verschiedenen Sklaven redete. Erst nach langer Zeit verließ er mit zweien von ihnen das Feld.
Es waren Lester und Adam, die er unter den Sklaven ausgewählt hatte. Für einen Augenblick unterbrach Julilly das Pflücken und sah zu. Der kräftige, rasch ausschreitende Mr. Ross aus Kanada hatte Lester und Adam ausgesucht, um ihm bei der Vogelsuche behilflich zu sein.
Julilly wußte, daß sie bald mit Lester sprechen mußte. Manchmal traf sie ihn sonntags im Hof der Sklavenquartiere. Er war immer zornig, aber er hörte zu, wenn sie von zu Hause sprach. Einmal hatte sie ihm erzählt, was Mammy Sally über Kanada gesagt hatte. Damals hatte er genau zugehört. Seine Augen waren aufgeregt, und er hatte Julilly den gleichen vorsichtigen und zustimmenden Blick zugeworfen wie an dem Tag, als sie ihm im Regen aus dem Sumpf geholfen hatte.
»Sprich mit niemandem darüber – nur mit mir und mit deiner Freundin Liza«, hatte er gemahnt.
Morgen war Sonntag. Sie würde Lester suchen und ihn über Mr. Ross befragen.
Julilly und Liza beendeten ihre Reihe. In der Ferne konnten sie den kräftigen Kanadier mit Lester und Adam sehen, wie sie in den Kiefernwald hineingingen und verschwanden.

Die Dämmerung war angebrochen, als sie mit dem Pflükken und dem Wiegen der Baumwolle fertig waren. Sims schien nervös und unruhig, als er das Gewicht der gepflückten Baumwolle nachprüfte. Mr. Ross war zurück, und Lester und Adam mußten die Baumwollkörbe tragen. Mr. Ross hielt sein Gewehr lose in der Hand. Die grauen Flügel einer toten Spottdrossel ragten aus einem Beutel, den er über der breiten Schulter trug. Obwohl er fast den ganzen heißen Nachmittag lang auf der Jagd nach Vögeln umhergestreift war, sahen sein dichtes brau-

nes Haar und sein priesterartiger Anzug so sauber und ordentlich aus, als hätte er unter den schattigen Bäumen auf dem Rasen des Herrenhauses gesessen.
Er stand bei Sims.
»Sagen Sie, Mr. Sims«, fragte er mit seinem schnellen und abgehackten kanadischen Akzent, »wieviel pflückt ein Sklave am Tag?«
Sims murmelte eine Antwort.
»Ein erstaunlicher Ertrag.« Der Kanadier klopfte sich auf seinen dicken Bauch und auf die Brust. »Wissen Sie, in Kanada ist es zu kalt, um Baumwolle anzupflanzen.«
Sims plusterte sich mit seiner Antwort.
»Ich habe gehört«, er grinste und seine Oberlippe lag flach über den gelben, unregelmäßigen Zähnen, »daß es dort so kalt ist, daß man nur Saubohnen anbauen kann.«
Julilly sah, wie ein Lächeln über das Gesicht des kräftigen Mannes huschte.

Julillys und Lizas Schritte waren an diesem Abend leichter, als sie zusammen mit den anderen Sklaven auf dem staubigen Weg zu den Sklavenquartieren zurücktrotteten. Als ob irgend etwas gefeiert werden würde, hing im Hof ein schwarzer Kessel über einem knisternden Feuer. Darin kochten Blattgemüse und vereinzelte Streifen von gepökeltem Schweinefleisch. Seit dem Tag, an dem Julilly auf der Riley-Plantage angekommen war, hatte es kein Blattgemüse mehr gegeben. Sie griff in ihren Sack nach dem Gefäß, das sie immer bei sich hatte, schöpfte sich eine Portion ein und goß für Liza etwas auf einen Blechteller.
»Ohne dich, Julilly« – Liza, die an den Stamm einer dikken Eiche gelehnt saß, hob ihren müden Kopf –, »müßte ich verhungern.«

In dieser Nacht redeten alle Mädchen in der langen Sklavenhütte flüsternd über Kanada und über Mr. Ross. Die meisten wußten von dem Land. Dort, wo sie herkamen – in Virginia und North Carolina – hatten sie Gerüchte darüber gehört. Jetzt erzählten sie einander, was sie darüber wußten.

Liza wußte am meisten. Normalerweise war sie nach der Arbeit still und mißmutig, aber heute abend war sie zum Sprechen aufgelegt. Sie lehnte ihren verkrüppelten Rükken gegen den Lumpenhaufen, um die ständigen Schmerzen zu lindern.

»Das Land liegt weit weg unter dem Nordstern«, flüsterte sie heiser. »Es wird von einer Dame regiert, mit dem Namen Königin Viktoria. Sie hat ein Gesetz erlassen, in dem alle Leute für frei und gleich erklärt werden. Die Leute halten sich an das Gesetz. Mein Daddy hat mir das gesagt, und der war ein Prediger.«

Ein Mädchen namens Bessie, wie Julilly groß und stark, rückte zu Liza hin.

»Und wie findest du den Nordstern, Mädchen?« fragte sie.

Liza antwortete sicher und präzise. »Man muß nachts, wenn es nicht wolkig ist, zum Himmel schauen. Genau da oben, so gut zu erkennen wie die Zehen an meinen Füßen, stehen ein paar Sterne, die zusammen aussehen wie ein Trinkgefäß.« Nacht für Nacht hatten sich Julilly und Liza das angesehen, wenn die funkelnden und glänzenden Sterne tief am Himmel standen.

»Der vordere Teil des Trinkgefäßes zeigt genau nach oben zum Nordstern«, fuhr sie fort. »Dem muß man folgen. Dann kommt man nach Kanada und ist frei.«

»Red nicht so viel, Mädchen.« Bessies flüsternde Stimme klang jetzt scharf und sie war von Furcht durchzogen. »Denk dran, was dir passiert ist, als du versucht hast, zu fliehen. Du hast einen Buckel, und deine Beine sind von

Schlägen gezeichnet. Ich will mir nicht noch mehr Peitschenhiebe einhandeln, als ich sowieso schon kriege.« Sie legte sich auf ihre Lumpen und war bald eingeschlafen.

Ein anderes Mädchen aus der Nähe kroch zu Liza und Julilly hin. Sie war ein furchtsames Mädchen, zusammengekauert wie eine kleine, in die Ecke gedrängte Maus.

»Ich habe Angst«, sagte sie zitternd. »Ich habe einen Mann sagen hören, Kanada sei ein kaltes Land. Dort könnten nur wilde Gänse leben. Ich habe Angst, dort hinzugehen. Ich habe immer Angst.« Sie begann zu wimmern. Julilly griff nach ihrer Hand und hielt sie fest, bis das Mädchen eingeschlafen war.

In der Zwischenzeit waren die anderen Mädchen zu erschöpft und zu geschwächt von der täglichen Arbeit und dem ungenügenden Essen, um noch Interesse zu haben und zuzuhören. Ihre müden Körper brauchten Schlaf. Wie Arbeitspferde fanden sie am Abend ihren Stall und fielen todmüde auf die Haufen aus zerknüllten und zerfetzten Tüchern.

Aber Liza kauerte immer noch gegen die Wand gelehnt da. Sie schlief nicht. Julilly konnte im sanften Mondlicht, das durch die Risse und durch die offene Tür hereinfiel, ihre offenen Augen sehen. Es war spät. Das einzige nächtliche Geräusch war das Zirpen der Grillen.

Jeder Muskel in Julillys Körper schmerzte. Sie legte sich neben Liza flach auf den Rücken, unfähig, die Augen zu schließen. Die Gedanken in ihrem Kopf sprangen umher wie Grashüpfer. Hatte Liza damals, als Sims sie wieder eingefangen hatte, versucht, Kanada und die Freiheit zu erreichen?

Frei, dachte Julilly. Frei sein, das mußte so sein wie beim Ziegenmelker, der hierhin und dorthin fliegen und sich da niederlasssen kann, wo es ihm gefällt ... frei hieß vielleicht, daß man wie die Weißen für die Arbeit bezahlt

wird ... frei, das war so wie bei dem schwarzen Jungen, der an der Straße nach Mississippi neben dem großen Abolitionisten gestanden und ihr Wasser gegeben hatte ... wenn man frei war, wurde man nicht gepeitscht.
Julilly konnte nicht aufhören, darüber nachzudenken.
Schließlich murmelte sie der still vor sich hinstarrenden Liza zu: »Liza.« Julilly bewegte kaum die Lippen. »Denkst du daran, es nochmal zu versuchen, nach Kanada zu fliehen?«
Sie fühlte, wie Lizas Körper zusammenzuckte. Langsam glitt das verkrüppelte Mädchen zu Boden und legte den Mund an Julillys Ohr.
»Du bist meine Freundin, Julilly«, flüsterte sie, kaum hörbar. »Was ich dir sage, darf niemand erfahren.«
Julilly nickte.
»Bevor das Baumwollpflücken vorbei ist, schleiche ich mich eines Nachts weg.«
»Hast du Angst?« Das mußte Julilly wissen.
»Ich habe Angst, und ich habe keine Angst.« Lizas knochige Finger umklammerten Julillys Arm. »Wie mein Daddy zu mir sagte: ›Liza, in den Augen von Gott bist du sehr wichtig. Das darfst du nie vergessen.‹«
Julilly nickte wieder.
»Ich bin dürr, aber ich bin zäh. Ich glaube, Gott hat den Nordstern an den Himmel gesetzt, damit wir armen Nigger ihm nachgehen können, und das will ich tun.«
Dann schwiegen sie lange Zeit.
Schließlich sagte Julilly, deren Herz so schnell klopfte, daß sie dachte, es müsse ihr im Leib zerspringen: »Ich gehe mit dir, Liza. Ich habe Angst und ich habe keine Angst, genau wie du.«

9

Auf der Hensen-Plantage hatte sich Julilly immer auf den Sonntag gefreut. Da konnte man sich von der Arbeit ausruhen. Manchmal kam ein Priester in eine leere Hütte, die die Sklaven ihre Kirche nannten. Und dann wurde gepredigt und gesungen.
Samstag abends wurde getanzt. Die Sklaven gingen dafür tief in den Wald hinein, zu einer anderen leeren Hütte. Massa Hensen hatte nichts dagegen, solange er nicht zuhören mußte. Es war allerhand los – Lester und Adam spielten auf der Fidel, und Ben klopfte mit ein paar Knochen den Takt. Julilly trug ein rotes Band im Haar, das Mammy Sally für sie aufgetrieben hatte. Sie konnte länger tanzen als alle anderen.
Aber hier bei Massa Riley war alles ganz anders. Er erlaubte keinen Priester, und Sims peitschte jeden aus, den er beim Tanzen erwischte. Fast alle waren zu müde und zu kränklich, um sich deshalb zu grämen. Der Sonntag bei Massa Riley war Waschtag und Kochtag.

An diesem Sonntag saßen Julilly und Liza in der Nähe des Waschkessels auf dem Boden und klopften ihre Wäsche mit Stöcken. Sie hatten noch keine Gelegenheit gehabt, über die Sache der vergangenen Nacht zu reden. Es waren zu viele Leute um sie herum, und es gab zu viel zu tun.
Julilly fühlte ein neues Band zwischen Liza und sich – stärker als ihre bisherige Freundschaft. Es war durch ihr Versprechen, miteinander zu fliehen, geknüpft worden. Es war das ernsthafteste Versprechen, das Julilly jemals gemacht hatte.
Eine faule Biene umschwirrte ihren Kopf. Sie griff nach oben, um nach ihr zu schlagen. Doch da sah sie Lester. Er

blickte sie fest an und machte ihr ein Zeichen, ihm zu folgen. Er schlurfte wortlos an ihr vorbei, ging den staubigen Pfad hinab und wandte sich hinter ein paar Zypressen.

»Liza«, flüsterte Julilly. »Da ist irgend etwas passiert. Lester will mich sprechen. Halt meinen Stock. Ich bin gleich wieder da.«

»Lester sieht aufgeregt aus.« Liza hatte ihn auch gesehen.

Julilly ging schnell auf die Zypressen zu. Lester stand hinter einem der Bäume – ungeduldig und nervös. Julilly trat zu ihm hin.

»Ich werde schnell reden, Julilly«, sagte er auf seine beherrschte, bittere Art. »Massa Ross aus Kanada ist nicht hier, um Vögel zu fangen. Er ist hier, um Sklaven zu helfen, nach Kanada zu fliehen.«

Julilly packte Lesters Arm, aber Lester ging einen Schritt zurück.

»Ich will nicht, daß jemand uns zusammen reden sieht. Massa Ross will sich mit ein paar von uns im Kiefernwald treffen. Es wird spät werden – wenn die meisten schon schlafen. Horch auf drei Rufe des Ziegenmelkers, und dann komm hierher. Bring Liza mit. Ich führe euch zu dem Treffpunkt.«

Lester verließ sie und ging rasch zu den Sklavenquartieren, wo sich die jungen Männer versammelten. Julilly kehrte angespannt und atemlos zu ihrer Wäsche zurück. Sie gab flüsternd die Nachricht an Liza weiter. Das zusammengekauerte, knochige Mädchen bewegte sich kaum. Sie ließ den Waschstock fallen, und er rutschte über den Staub, ein harter, gekrümmter Eichenzweig, der unter dem ständigen Klopfen auf die schmutzigen Kleider nicht nachgab.

»Der Stock sieht so zäh und so dünn aus wie du, Liza.« Julilly packte ihn und begann, auf die Kleider einzuschla-

gen. Es war nicht gut, wenn sie den anderen gerade jetzt auffielen. Liza war wie in Trance.
Als Julilly jedoch aufblickte, funkelten und tanzten die Augen des verkrüppelten Mädchens. Sie erleuchteten ihr Gesicht, bis jedes Unmutsfältchen verschwunden war.
Julilly starrte sie an. Liza mußte etwa dreizehn Jahre alt sein – so wie sie. Sie hatte noch nie überlegt, wie alt ihre neue Freundin wohl sein mochte. Sie hatte immer nur ein erschöpftes, mißmutiges Sklavengesicht vor sich gesehen, ein Gesicht wie das vieler anderer junger Mädchen.
»Du siehst glücklich aus«, sagte Julilly schließlich und schlug kräftig auf die Wäsche ein, um Lizas Regungslosigkeit auszugleichen.
»Das bin ich auch.« Liza bewegte sich immer noch nicht. »Ich habe gedacht, mein Daddy hätte sich geirrt. Ich habe gedacht, der Herr hätte mich vergessen. Aber das hat er nicht. Diesmal habe ich Hilfe bei meiner Suche nach der Freiheit. Ich habe dich und Massa Ross.«

Im schattenerfüllten Mondlicht dieser Nacht lagen Liza und Julilly ruhig auf dem Fußboden der Hütte. Ihre Augen waren geschlossen, und sie rührten sich nicht. Der Duft des Geißblatts vom Rasen des Herrenhauses drang durch die offene Tür; sanfte Vogelrufe ertönten aus dem Zypressenhain. Sie warteten und warteten und überlegten, wann der Vogelruf wohl erklingen würde.
Das kräftige Mädchen, Bessie, die dicht neben ihnen lag, warf sich herum und setzte sich auf, um einen Moskito, der ihren Kopf umschwirrte, totzuschlagen.
»O Herr, laß Bessie einschlafen«, betete Julilly.
Innerhalb von wenigen Minuten war das kräftige Mädchen eingeschlafen.
Dann hörten sie es – drei sanfte Rufe des Ziegenmelkers.

Schnell und leise krochen die Mädchen hinaus. Sie waren barfüßig, und auf der hartgetretenen Erde der Sklavenquartiere waren ihre Schritte nicht zu hören. Lesters Schatten fiel bei der Baumreihe über den Boden und wies ihnen den Weg.

Als sie näher kamen, sahen sie, daß Lester einen Finger vor den Mund hielt. Sie sprachen nicht. Lester begann schnell auf den Kiefernwald zuzugehen, und winkte den Mädchen, ihm zu folgen.

Die dicken abgefallenen Kiefernnadeln im Wald waren ganz weich unter ihren Füßen. Es gab keinen Pfad. Lester schlängelte sich wie ein Hund zwischen den hohen Stämmen hindurch, als würde er sich seinen Weg erschnüffeln.

Sie gingen tief in den Wald hinein, bis die großen, Wache haltenden Stämme auf einen offenen Platz mündeten. Dort war Mr. Ross mit Adam und Ben.

»Dies ist Julilly, von der ich Ihnen erzählt habe«, sagte Lester atemlos zu Mr. Ross. »Und das ist Liza. Sie hat einmal versucht zu fliehen, aber sie wurde erwischt. Massa Sims hat sie mit seiner Peitsche fast zu Tode geprügelt.«

Mr. Ross schüttelte Lizas Hand und dann die von Julilly. Das hatte Julilly nicht erwartet. Es war eine Geste der Freundschaft. Es war, als bildeten ihre Hände eine Brücke. Vieleicht konnten sie über diese Brücke mit Hilfe dieses kräftigen Mannes Kanada erreichen.

Mr. Ross zog die Gruppe nahe zu sich her. Er sprach offen und bestimmt. Julilly mußte sich anstrengen, seinen kanadischen Akzent zu verstehen.

»Lester hat euch unter all den jämmerlichen Sklaven auf dieser Plantage ausgesucht«, sagte er, »weil er euch für die einzigen hält, die den Wunsch und den Mut haben, nach Kanada zu fliehen.«

»Für mich trifft das zu«, sagte Julilly ernst. Die anderen

nickten.
»Ich bin davon überzeugt, daß menschliche Sklaverei ein so himmelschreiendes Unrecht ist, daß jedes Mittel erlaubt ist, so viele von euch zu befreien wie nur irgendwie möglich.«
Lester unterbrach. »Ich glaube, die Leute sollten wissen, Massa Ross, daß Sie einer der Abolitionisten sind, die mithelfen, die Sklaven zu befreien.«
»Das stimmt, Lester.« Mr. Ross bekam fröhliche Augen und lachte leise. »Man hat mich den ›Negerdieb‹ genannt, und in einer Stadt in Tennessee wurde ein Schild aufgehängt, auf dem stand ›Derjenige, der den verfluchten Abolitionisten fängt, erhält eine Belohnung von 1.200 Dollar.‹ Das war ich.«
Sein Lachen milderte ihre Anspannung. Der Kreis der kräftigen Kiefern umschloß sie wie ein schützender Arm.
Mr. Ross sagte geradeheraus: »Ihr nehmt ein großes Risiko auf euch, wenn ihr eurer Gefangenschaft entflieht, um die Freiheit zu erlangen. Nichts wird einfach sein. Es wird nicht einmal einfach sein, wenn ihr in Kanada ankommt.«
Er blickte sie nacheinander fest an, und alle begegneten seinem Blick mit erhobenem Kopf.
»Ihr braucht Mut und Entschlossenheit und eine gute Portion Verstand.« Seine Worte waren bedächtig und langsam. »Wenn ihr nicht daran glaubt, daß ihr das auf euch nehmen könnt, werde ich es verstehen.«
Julilly fand es schon schwierig, einem weißen Mann in die Augen zu blicken. Wie sollte sie es erst schaffen, vor ihm ihre Meinung zu äußern? Sie war froh, daß es Nacht war und die Dunkelheit sie alle verhüllte.
»Ich habe Angst, Massa Ross. Aber ich will nie mehr von Massa Sims ausgepeitscht werden. Selbst ein Pferd sollte nicht so gepeitscht werden, wie er uns Sklaven peitscht.

Meine Mammy hat mir gesagt, wir sollten uns in Kanada treffen, und das will ich auch tun. Ich habe genausoviel Mut wie sie.«
»Das stimmt, Massa Ross«, fügte Lester hinzu. »Sie hat mir aus dem Sumpf geholfen, als ich eine Kette um das Fußgelenk trug.«
Julilly freute sich, daß Lester sich daran erinnerte. Sie wußte, daß Lester niemals bei Massa Riley bleiben würde, selbst wenn er ausgepeitscht wurde, bis er fast tot war. Bei Adam wußte sie das nicht. Er war freundlich und sanft. Am liebsten sang er. Aber er hatte starke Arme und einen stolzen Kopf. Seine Haut war so schwarz wie die von Liza und verschmolz mit der Nacht.
Liza streckte den Rücken und stand so hochaufgerichtet wie möglich. »Der Herr hat zu mir gesprochen, Massa Ross«, sagte sie einfach. »Er sagte zu mir: ›Es ist nicht dein Schicksal, geschlagen zu werden. Du bist eine Frau wie Missy Riley.‹ Schwarz zu sein, macht noch kein Tier aus mir. Ich habe Augen und Hände und Beine, genau wie sie.«
Adam sprach als letzter.
»Bevor ich Sie getroffen habe, Massa Ross«, murmelte er auf seine leise Art, »habe ich gemeint, die Weißen hätten überall Sklaven.«
»Das sind tapfere Worte, Liza und Julilly. Solche Leute wie euch brauchen wir.« Mr. Ross strich sein dickes rötliches Haar zurück. »Mit den Männern habe ich mich schon unterhalten. Adam und Lester sind sicher, daß sie mitgehen wollen. Ben hat sich noch nicht entschlossen.«
Er zog die Gruppe noch näher zu sich und begann, ihnen Anweisungen zu geben: Sie durften mit niemandem auf der Plantage über die geplante Flucht sprechen – sie sollten sich am nächsten Samstag in der Nacht an der gleichen Stelle abmarschbereit treffen – Lester würde wieder

den Ruf des Ziegenmelkers nachahmen – Lester wäre die ganze Woche über mit Mr. Ross zusammen und würde Instruktionen erhalten, während sie nach Vögeln jagten – Liza und Julilly sollten sich Samstagnacht im Wald von Lester das Haar schneiden lassen und sich als Jungen verkleiden – ihre Kleider würde man dann ins Sumpfwasser werfen.
Der unheimliche Ruf einer Eule hallte durch die angespannte, schattige Nacht. Die Sklaven und Mr. Ross betrachteten ihn als Warnung, zu ihren Quartieren zurückzukehren. Sie gingen in drei verschiedenen Richtungen davon, und die Mädchen folgten Lester auf seinem Zickzack-Pfad durch die Kiefernwälder.

10

Beim Baumwollpflücken am nächsten Tag arbeiteten Julilly und Liza mit gesenktem Kopf, ohne zu reden. Sie arbeiteten hart und leerten die weichen, weißen Baumwollkapseln aus den Jutesäcken, die sie um den Hals trugen, immer wieder in den großen Korb am Ende der Reihe. Sie wollten Sims nicht wütend machen. Wenn sie Lester oder Adam trafen, gaben sie vor, sie nicht zu sehen.
In der langen Hütte, in der sie wohnten, wurde nicht mehr von Kanada gesprochen. Nachts, wenn die anderen schliefen, versuchten sie ebenfalls zu schlafen.
»Wir müssen Kraft schöpfen«, sagte Lizy zu Julilly. »Wir müssen soviel wie möglich schlafen.«
Julilly gelang es nicht so gut wie Liza, ihre Gefühle zu verbergen. Ihr Herz hüpfte wie ein verängstigtes Kaninchen. Alles um sie herum schien glasklar. Das Leuchten des Glühwürmchens verwandelte sich in heiße, helle Funken. Grashüpfer durchschnitten die Luft, wenn sie sprangen. Ihre kleinen Augen traten hervor. Summende

Zikaden schnatterten, und schnatterten, und schnatterten.
»Du mußt beten«, sagte Liza.
Das tat sie.
Die beiden Mädchen begannen, auf einem hohen dunklen Brett in der Hütte Dinge zu sammeln – extra Maiskuchen, ihre Winterschuhe. Massa Ross versprach, Jungenkleidung für sie aufzutreiben. Lester würde eine Schere besorgen, um ihr Haar zu schneiden. In der Nacht ihrer Flucht würden sie ihre armselige Habe in ihre Baumwollsäcke packen, die sie über die Schultern hängen würden wie einen Rucksack.
Die feuchte Augusthitze lag schwer über der Riley-Plantage. Über allem hing der Dunst, vermischt mit dem Duft der Magnolien und dem verrückten Surren der Moskitos.
Über das Gesicht des wütenden Sims lief der Schweiß. Er peitschte grundlos jung und alt. Überall herrschte Elend – nur nicht auf dem kühlen Grün vor dem Herrenhaus. Das Herrenhaus, gesetzt, friedlich und imposant, ignorierte die Sklavenquartiere.
Am Samstag standen Wolken am Himmel. Die Insekten stachen und schwärmten, wie vor einem Regen. Julilly und Liza sahen voller Angst zu. Würden sie gehen, auch wenn ein Sturm aufzog? Konnte man hinter einer dichten Wolkendecke den Nordstern noch sehen?
Den ganzen Tag über pflückten sie Baumwolle. Die Sonne schien nicht, und es war völlig windstill. Bevor am späten Nachmittag das Abwiegen begann, erschien Lester mit Mr. Ross. Der freundliche Herr war genauso ruhig und genauso ordentlich gekleidet wie am Tag seiner Ankunft. Diesmal war sein Beutel prall gefüllt mit den verschiedensten Vögeln.
»Ach, da sind sie ja, Mr. Sims«, rief er mit einem vergnügten Lächeln. »Ich habe einen ausgezeichneten Tag

gehabt. Hier in diesem herrlichen Land gibt es unglaublich seltene und schöne Vögel.«
Sims schaute verächtlich auf den Beutel. Julilly beobachtete Lester. Der blickte sich schnell um und bewegte den Kopf ganz leicht dreimal nach oben und nach unten. Sie würden fliehen! Auch wenn es regnete und die Wolken alle Sterne verdeckten, würden sie fliehen?
Julilly hob den Kopf und stand groß aufgerichtet da. Dies war das letzte Mal, wo sie zitternd und unterwürfig vor Massa Sims stehen und darauf warten würde, daß er ihren Korb mit der zusammengepreßten Baumwolle abwiegen würde. Dies war das letzte Mal, daß Liza ausgepeitscht und getreten werden würde, wie ein erschöpfter Hund.
Die beiden Mädchen gingen hintereinander den Pfad zu den Sklavenquartieren entlang. Sie waren still, aber ihre Gedanken formten eine Kette, die sie immer enger verband.
Als die Nacht kam, blies ein unregelmäßiger Wind die Wolken weg. Er wirbelte und zauste die hohen Kiefern und kam in einem ferngelegenen Feld zum Stillstand. Die Sklaven murrten. Ein Regen hätte für sie einen Tag der Erholung von der Hitze und der Arbeit auf den Feldern bedeutet. Für Julilly, Liza, Lester und Adam war es ein Geschenk des Himmels.
Der »Große Wagen« erschien über ihnen, so treu wie die aufgehende Sonne, und der Nordstern funkelte.
»Der Nordstern ist vom Wind und vom Regen poliert worden«, sagte Julilly zu Liza, als sie schnell zur Hütte gingen, bevor die anderen Mädchen kamen. Sie stopften ihre armseligen Vorräte in die festen Säcke, rollten sie zusammen und deckten sie auf dem Boden mit den Lumpen zu. Dann legten sie sich mit dem Kopf auf ihr Bündel.
»Schließ die Augen, als wärst du schon eingeschlafen«,

murmelte Lizy Julilly zu, als die anderen Mädchen langsam hereinkamen. Es wurde wenig gesprochen, denn der Tag war lang und hart gewesen. Julilly tastete nach Lizas knochiger und rauher Hand. Langsam wurde alles um sie herum ruhig und die Nachtgeräusche begannen.
Julilly fiel es schwer, stillzuliegen. Sie wollte die Beine bewegen, wollte die Arme hochwerfen. Sie biß die Zähne zusammen, um nicht zu rufen. »Laß uns aufbrechen, Liza! Laß uns aufbrechen!«
Sie drückte die Hand ihrer Freundin. Der Druck, den Liza zurückgab, beruhigte sie. Was immer geschehen mochte, auch wenn Massa Riley Bluthunde hatte, um sie zu jagen – sie würde Liza helfen, und Liza würde ihr helfen. Und vor allem schien Liza sicher zu sein, daß Gott diesmal auf ihrer Seite war.
Julilly war fast eingeschlafen, als der Ruf des Ziegenmelkers dreimal leise erklang. Die Mädchen hoben langsam den Kopf, griffen still nach ihren Decken und verließen geräuschlos die Hütte. Wie letztes Mal stand Lester bei den Zypressen. Sie folgten ihm auf dem gewundenen Pfad im Wald, aber dieses Mal ging er schneller und wechselte noch häufiger die Richtung. Julilly wußte warum. Wenn dic Bluthunde nach ihrer Spur suchten, würden sie länger brauchen.
Massa Ross stand da wie beim letzten Mal: gut angezogen und sauber gekämmt und gebürstet. Er schien keine Angst zu haben, obwohl Liza Julilly gesagt hatte, daß er gehängt werden konnte, weil er ihnen bei der Flucht half. Seine breite Brust und sein massiger Bauch schienen ihm Kraft zu geben.
Adam war auch da. Er saß auf dem Boden und wartete angespannt wie ein Fuchs – jederzeit bereit aufzuspringen. Ben jedoch war nicht zu sehen.
Massa Ross befahl ihnen, sich dicht zu ihm zu stellen. Seine Stimme war leiser und sanfter als zuvor. Er drückte

jedem die Hand und sagte:
»Die Schwierigkeiten und die Gefahren dieses Weges und die unvermeidliche wochenlange Verfolgung durch feindlich gesinnte Menschen und vielleicht sogar Bluthunde verlangen außergewöhnliche Qualitäten des Körpers und des Geistes. Jeder von euch hat diese: Ihr habt Voraussicht und großen Mut.«
Julilly gefielen seine schönen Worte, auch wenn sie nicht alles verstand.
Doch gleich darauf war er völlig verändert. Er blickte um sich zu dem Kreis der Bäume und lauschte minutenlang den seltsamen Nachtgeräuschen. Als er wieder sprach, war seine Stimme noch leiser geworden.
»Ihr brecht um Mitternacht auf«, sagte er. »Dann schlafen alle. Ich habe Lester eine Uhr gegeben, damit er weiß, wann es soweit ist. Geht zu dem Sumpf ganz in der Nähe und watet mit nackten Füßen durch das seichte Wasser. Dadurch wird der Geruch eurer Spuren zerstört. Bluthunde verlieren im Wasser ihren Geruchssinn.«
Er hielt einen Moment inne und lauschte.
»Heute nacht werdet ihr dem breiten Mississippi nach Norden folgen. Er wird eure Füße lenken und der Nordstern über euch eure Augen.«
Er begann schneller zu reden. Der Mond näherte sich der höchsten Stelle auf seiner Wanderung über den Himmel.
»Ihr müßt auf jeden Fall zusammenbleiben. Lester wird euch führen. Vertraut ihm. Ich habe ihm viele Anweisungen gegeben. Ihr müßt bei Nacht wandern und bei Tag schlafen. Wenn ihr die Grenze nach Tennessee überschreitet, werde ich euch erwarten. Tut so, als ob ihr mich nicht kennt, und wundert euch nicht über mein Aussehen, denn ich werde mir den Bart abrasieren.«
Er hielt inne und gab jedem zwei Dollarnoten, ein Messer und etwas kaltes Fleisch und Brot. Julilly und Liza gab

er eine Hose und ein Hemd.
»Zieht euch um, wenn ihr den Sumpf durchquert habt«, sagte er. »Laßt eure alten Kleider auf dem Wasser schwimmen. Dann denken die Sklavenjäger vielleicht, ihr wäret ertrunken. Lester hat eine Schere, um euer Haar kurz zu schneiden.«
Er schüttelte jedem die Hand und drückte sie fest.
»Jetzt muß ich zum Herrenhaus zurück. Morgen breche ich auf zu meiner nächsten Mission in Columbus, Mississippi. Gott schütze euch.«
Er ging schnell durch den dunklen Wald davon.
»Massa Ross ist ein guter Mann.« Julilly sprach für alle.
Als sie seine Schritte nicht mehr hören konnten, drehten sich Julilly, Liza und Adam zu Lester um.
»Steckt alles, was er euch gegeben hat, in euren Sack und bindet ihn euch auf den Rücken«, sagte er. Lesters Gesicht war unbewegt, aber Julilly sah Furcht und Aufregung in seinen Augen.
Er blickte auf die Uhr, die glatt und rund in seiner Hand lag. Es war Zeit aufzubrechen.
»Heute nacht jagt uns noch keiner«, sagte Lester. »Wir müssen ein großes Stück hinter uns bringen.«
Julilly warf einen Blick auf Liza. Sie hatte den Kopf gesenkt und den Rücken gebeugt und das hieß, daß er ihr weh tat.
»Ich gehe mit Liza«, sagte Julilly entschlossen. »Wir haben abgemacht, einander zu helfen.«
»Dann gehst du als letzter, Adam.« Lester schien einverstanden, und sie setzten sich in Bewegung.
Ein Stück weit war der Boden trocken und weich, dann wurde er feucht. Das hohe Sumpfgras schlug ihnen gegen die Beine, und ihre Füße sanken tief in den schlüpfrigen Schlamm ein. Julilly griff mit einer Hand nach dem tiefhängenden Zweig einer Weide, um das Gleichgewicht

nicht zu verlieren, mit der anderen hielt sie Lizas Arm und führte das verkrüppelte Mädchen neben sich.
Julilly war dankbar für das sanfte Mondlicht. Es bestrahlte die toten, aus dem Wasser ragenden Zweige und die Luftwurzeln der hohen Sumpfzypressen.
Zweimal fühlte sie, wie sich der Panzer einer Schildkröte unter ihren Füßen bewegte.
»Hoffentlich schlafen die Alligatoren und die Mokassinschlangen heute nacht so tief, als wären sie tot«, flüsterte Julilly Liza zu.
»An so etwas darfst du gar nicht denken«, flüsterte Liza zurück. »Und vergiß nicht – in diesem Sumpfwasser findet kein Bluthund unsere Spur.«
Endlich wurde der Boden wieder fester. Und dann war er trocken. Jetzt war es Zeit für Julilly und Liza, ihre Jungenkleider anzuziehen und ihre zerlumpten Hemden aus Sackleinen auf die Wasseroberfläche zu werfen. Lester schnitt ihnen mit der Schere aus seinem Rucksack schnell die Haare.
Aber sie hatten keine Zeit, sich über ihr verändertes Aussehen lustig zu machen. Lester war ungeduldig, vorwärtszukommen. Sie konnten das Rauschen des großen Mississippi schon hören. Keiner von ihnen hatte ihn je gesehen – aber Massa Ross hatte ihnen gesagt, wie er klingen würde und daß er schlammig sei und reißend, daß sie an seinem Ufer entlang gegen die Strömung Richtung Norden gehen mußten.
Als sie das Flußufer erreichten, hielten sie an. Es war ein furchteinflößender Anblick. Soweit sie sehen konnten, floß schlammiges Wasser an ihnen vorbei – hier und dort unterbrochen durch Strudel und Spritzer, in denen sich silbrig das Mondlicht widerspiegelte.
Adam beugte sich nieder und ließ die Hand ins Wasser gleiten.
»Es ist warm und sanft«, lächelte er. »Es birgt keine Dro-

hung für uns, und ich fühle vom Wasser her im Wind den Geruch von Katzenfisch.«

»Gut, daß wir das wissen, Adam.« Lester ging nervös am Ufer entlang und schaute flußaufwärts. »Das werden wir nicht vergessen. Aber für heute abend haben wir Brot und kaltes Fleisch.« Er begann, durch das trockene Schilf und das Buschgewirr voranzustapfen und erwartete, daß ihm die anderen folgten.

Julilly beobachtete Liza, die gebückt am Stamm einer schützenden Weide lehnte. Ihr Gesicht zeigte Schmerz.

»Wir machen eine kleine Rast, Lester«, sagte Julilly. »Und Liza und ich essen ein Stück Brot und trinken ein wenig von dem nach Katzenfisch riechenden Wasser.«

Lester wartete ein Stück weiter auf einem toten Baumstamm. Adam kühlte sich die Füße in dem schnell dahinfließenden Fluß. Liza schloß die Augen und nahm dankbar das Stück Brot und den Becher Wasser entgegen, den Julilly ihr reichte.

Es war eine kurze Rast.

»Wir sind bereit.« Julilly stand auf, griff nach Lizas Hand und zog sie langsam hoch.

»Ich gehe voraus, eine wenig vom Fluß weg«, rief Lester. »Dort sind die Bäume dicker und dort gibt es weniger Gestrüpp.«

Sie gingen weiter wie zuvor. Lester schritt voran, dann folgten Julilly und Liza in der Mitte, und Adam ging am Schluß. Er summte leise im Takt ihrer Schritte. Jetzt hielt sie nichts mehr. Das Rauschen des fließenden Wassers erfüllte ihre Ohren, und über ihnen leuchtete der Nordstern.

Erst als die Nacht hinter der schwarzen Erde versank und ein Streifen rosafarbenes Licht am östlichen Himmel auftauchte, hielt Lester an. Die riesigen Stämme zweier umgestürzter Kiefern versperrten ihren Pfad. Unter den festen Stämmen floß ein plätschernder Bach mit sauberem

Wasser, und daneben lag eine kleine Höhle, fast verdeckt von den modernden Ästen.
»Hier werden wir essen und schlafen.« Lester, der jetzt ebenfalls erschöpft war, gähnte. Die anderen stimmten zu. Sie aßen langsam und behielten etwas übrig für den nächsten Tag. Julilly reichte allen nacheinander den Trinkbecher. Das Wasser, das sie damit schöpften, war kalt und süß, und es war genug da.
»Adam und ich werden abwechselnd bis Mittag Wache halten.« Lesters Augen folgten dem breiter werdenden rosa Streifen am Horizont. »Dann werdet ihr, Julilly und Liza, bis Sonnenuntergang Ausschau halten.«
»Gott sei gedankt für diese eine Nacht, in der uns keine Gefahr drohte.« Liza beugte kurz den Kopf. »Ich bitte dich, Gott, morgen, wenn Massa Sims feststellt, daß wir weg sind, und wenn er beginnt, nach uns zu suchen, besonders gut aufzupassen.«
Die anderen schwiegen.
Julilly und Liza krochen in die hohle Stelle unter den Stämmen und schliefen ein. Sie waren zu erschöpft, um auch nur ein Wort zu sagen.
Mittags, als Lester an Julillys Schulter rüttelte, setzte sie sich erschrocken und verwirrt auf. Hatte sie verschlafen? Läutete Massa Sims auf der Plantage die Morgenglocke? Warum waren ihre Füße so zerschunden und schmerzten?
Dann sah sie Lesters eingefallenes, müdes Gesicht, und sie wußte, wo sie war. Sie war an der Reihe, Wache zu halten, und dann war Liza dran. Adam lag mit dem Gesicht nach unten auf dem weichen Gras unter einer schutzspendenden Weide bei den umgefallenen Stämmen.
»Wenn du irgendein Geräusch hörst, Julilly, dann weckst du mich.« Lester rieb mit seinen langen Fingern über die Augen, um die müden Falten zu glätten.

»Du kannst mir vertrauen, Lester«, antwortete sie.
»Und wenn die Sonne untergeht, dann essen wir. Adam hat ein paar Katzenfische geangelt – wie er gesagt hat. Er hat sie schon geputzt und gehäutet.« Lester lächelte.
»Aber man wird es sehen, wenn wir ein Feuer machen zum Kochen.« Julilly war beunruhigt.
»Massa Ross hat mir gesagt, wie man das macht«, antwortete Lester ruhig. »Er sagte, man solle das Feuer an einem offenen Platz weit weg machen und ihn dann beobachten. Wenn keiner kommt, legt man das, was man gefangen hat, auf das heiße Holz, und wenn die Glut erlischt, ist der Fisch fertig.«
Julilly lächelte auch. Sie setzte sich auf einen Fleck aus Kiefernnadeln hinter einem Dornengestrüpp und abgestorbenem Holz und wartete. Liza, die in der Nähe lag und schlief, sah gekrümmt und eingeschrumpft aus. Sie stöhnte zweimal, wachte aber nicht auf.
»Ich bin stark genug, für beide von uns Wache zu halten«, entschied Julilly. »Sie soll lieber ihren schmerzenden Rücken ausruhen.«
Eine Spottdrossel segelte am Himmel, stand über ihr und sang ihr klares Lied. Ein sanftmütiger Hirsch ging zum Flußufer, senkte den Kopf und trank ausgiebig.
Es war friedlich, so still zu sitzen. Aber das dauerte nicht lange. Der Hirsch hob ruckartig den Kopf. Er lauschte, dann hetzte er zurück unter die Bäume. Die Spottdrossel pfiff eine Mischung aus vielen verschiedenen Vogelstimmen und flog dann rasch weg.
Julilly saß angespannt da. Leise zuerst und dann immer lauter hörte sie das Bellen von Hunden. Bluthunde! Irgendwie hatten sie ihre Spur gefunden und sie, oder andere Sklaven wie sie, wurden verfolgt. Lester hörte es auch. Er schüttelte Adam. Julilly rief nach Liza.
»Packt alles in eure Säcke«, sagte Lester schnell. »Rollt die Hosen hoch. Wir gehen Richtung Norden, gerade-

wegs in der Mitte dieses Bachs. Das wird den Geruch unserer Spur zerstören.«

11

Die Tage und Nächte reihten sich für Julilly, Liza, Lester und Adam wie eine Seilschlinge ohne Ende. Wann immer sie Hunde bellen hörten, oder Männer auf dem Rücken von Pferden sahen, wateten sie durch das wassergetränkte Sumpfland. Wenn die Sonne aufging, sanken sie erschöpft in einen feuchten Unterschlupf, unter trockenes Schilf oder in dorniges Gestrüpp. Ihre Kleider waren zerrissen und schmutzig, ihre Füße waren vernarbt und von Insekten zerstochen, und sie waren immer hungrig. Einmal fanden sie den ganzen Tag über nur Pekannüsse und Walnüsse zum Essen.

Wenn keine Gefahr drohte und Zeit dazu war, jagten Adam und Julilly nach Sumpfkaninchen und nach Katzenfisch. Liza machte Feuer mit Feuerstein und Zunder von Massa Ross. Lester legte ihren Kurs fest. In klaren Nächten betrachtete er den Himmel, und wenn es regnete und wolkig war, fühlte er nach dem Moos, das auf der Nordseite der Bäume wuchs.

»Woher wissen wir, wann wir Tennessee erreicht haben?« fragte Julilly eines Nachts, als sie über Massa Ross sprechen, und darüber, wie sehr sie ihn brauchten.

»Ich kann lesen«, sagte Lester schlicht.

»Ich habe noch von keinem Sklaven gehört, dem es erlaubt war zu lesen. Du lügst, Lester!« Liza warf ihm einen dunklen Blick zu und verfiel in eine ihrer schlechten Stimmungen. »Mein Daddy hat sich einmal ein Lesebuch gekauft mit ein wenig Geld, das er vom Äpfelverkaufen gespart hat. Weißt du, was passiert ist, als der Massa ihn dabei erwischte, wie er das Buch angeschaut hat?«

Julilly wollte nicht fragen. Sie wußte die Antwort.
Liza fuhr fort: »Der Massa packte das Buch und warf es ins offene Feuer. Dann sagte er: ›Von meinen Negern wird keiner hochmütig und versucht zu lesen!‹ Er band die Hände meines Daddy an einen Baum und zog ihn bis zur Taille aus. Dann holte er seine Peitsche und gab ihm fünfzig Schläge. Ich mußte zusehen. Sein Blut lief überall am Boden herum. Ich habe meinen Daddy liebgehabt.«
»Es ist keine Lüge. Ich kann lesen.« Lester stand auf und wandte sich von den ungläubigen Gesichtern ab. »Auf der Hensen-Plantage konnte einer von den Haussklaven lesen, und Massa Hensen wußte das. Er brachte mir das Lesen bei, und das wußte Massa Hensen auch. Er ließ uns nur versprechen, es niemals jemandem zu verraten – selbst Missy Hensen nicht.«
Sie setzten sich einen Moment lang auf einen ausgetrockneten Stamm neben dem schlammigen Ufer des Mississippi. Sie aßen kalten Fisch, den sie vor Sonnenuntergang gekocht hatten.
»Wir kommen bald nach Tennessee«, sagte Lester. »Massa Ross hat gesagt, dort sei neben dem Fluß ein Schild. Dann warten wir bis Mitternacht – oder vielleicht bis Mitternacht des nächsten Tages. Massa Ross kommt auf der nahegelegenen Straße mit einem Wagen an. Wir warten dann, bis der Ziegenmelker dreimal ruft, und dann gehen wir zu Massa Ross.«
»Vielleicht kommt er nicht«, sagte Adam leise. Gewöhnlich war er still. Wenn er etwas sagte, hörten die anderen genau zu.
»Warum sagst du das, Adam?« fragte Julilly.
»Adam hat recht«, antwortete Lester rasch. »Vielleicht kommt er nicht. Er hat versprochen, daß er einen anderen Mann schickt, wenn ihm etwas passiert.«
»Wie können wir einem Mann vertrauen, den wir noch nie gesehen haben?« Liza hatte sich nach vorn gebeugt

und den Kopf auf die Knie gelegt. Sie war zu müde, um aufzublicken.
»Es gibt ein Losungswort«, sagte Adam wieder sehr leise. »Wir sagen zu dem Mann, der den Vogelruf nachahmt, ›Ein Freund unter Freunden‹. Er antwortet dasselbe, und dann können wir ihm vertrauen.«
»Ein Freund unter Freunden.« Julilly wiederholte das Losungswort immer wieder im Geist. Ein böser Mann würde das nie sagen, entschied sie. Sie würde jedem, der das sagte, vertrauen.
»Ich traue keinem weißen Mann«, murmelte Liza vor sich hin.
Die Sterne waren hell in dieser Nacht, und nur die nächtlichen Geräusche waren zu hören: plätscherndes Wasser, quakende Frösche und der hohle, beängstigende Ruf einer Eule. Sie gingen am Fluß entlang.
Julilly hakte Lizas Arm unter ihren eigenen. Sie konnte das Gewicht ihrer Freundin zusätzlich ertragen. Die langen nächtlichen Märsche machten ihre Beine kräftiger. Aber Liza wurde dünner und schwächer. Vor allem Lester empfand das als Last.
»Lester geht für niemanden langsamer.« Das wußte Julilly genau. »Lester würde kämpfen und uns vor Sklavenjägern schützen, aber er würde nicht langsamer gehen.«
Julilly hörte den mühsamen Schritten des sanften Adam hinter ihr zu. »Adam und ich werden sie tragen, wenn es ihr schlechter geht«, sagte sich Julilly und ging ruhig hinter Lester her.
Es war immer noch dunkel, als die vier endlich zu einem hohen Schild neben dem Fluß kamen. Lester las laut vor – TENNESSEE.
Sie hielten daneben an. Die offene Straße lag weit genug hinter dem Schilf, und keiner, der vorbeiging, würde ahnen, daß sie da waren. Zwei Männer auf Pferden galop-

pierten vorbei, auf jeder Straßenseite einer. Im Mondlicht sah man ihre Umrisse. Einer war fett und trug eine Peitsche, der andere hatte ein Gewehr.

Die vier Sklaven saßen so regungslos wie vor Angst gelähmte Kaninchen, bis das Geräusch der Hufschläge verschwunden war. Adam war der erste, der etwas sagte.

»Der fette Mann sah genau aus wie Sims.«

»Es könnte Sims gewesen sein«, stimmte Lester zu. »Die Art, wie er sein Pferd schlug und seine Peitsche schwang, hat mich nachdenklich gemacht.«

»Am besten bleiben wir noch lange hier«, gebot Liza vorsichtig.

Julilly hörte ein anderes Geräusch. Es war das Klappern von Wagenrädern. Das war vielleicht Massa Ross. Wenn der fette Mann Sims war und wenn er sich umdrehte, würde er Massa Ross erkennen! Die vier hatten denselben Gedanken, ohne ihn auszusprechen. Sie bewegten sich weiter zurück ins Schilf.

Der Wagen kam näher. Als er am Tennessee-Schild ankam, hielt er. Alles war ruhig. Dann erklangen die drei leisen Rufe des Ziegenmelkers. Das war ihr Signal, aber sie mußten sichergehen, jetzt, wo vielleicht Sims in der Nähe war.

Julilly wußte sofort, was sie tun mußte.

»Hört zu«, flüsterte sie den anderen zu. »Wenn es jemand von der Riley-Plantage ist, der uns überlisten will, dann wird er Lester und Adam bestimmt sofort erkennen und vielleicht auch Liza, mit ihrem gebeugten Rücken. Aber mich würden sie nicht erkennen. Ich bin nur ein kräftiger, großer Niggerjunge, so wie ich jetzt angezogen bin. Ich gehe voraus.«

Lester zögerte, dann nickte er zustimmend.

Julilly atmete tief ein, als wolle sie in den Mississippi springen, und trat hinaus.

Sie stand am Rand der Straße und sagte rauh:

»Wer sind Sie?« Ihre Stimme zitterte. Sie konnte es nicht riskieren, das Losungswort preiszugeben.
»Ein Freund unter Freunden«, antwortete der Mann auf dem Wagen. Es war nicht Massa Ross, aber der Mann kannte das richtige Losungswort. Liza, Lester und Adam traten aus dem Schatten hervor. Der Mann ließ die Zügel locker und lehnte sich über die Seite, um sie besser zu sehen. Er war lebhaft und klein. Es war schwierig, seinen Kopf zu sehen, denn ein breitrandiger Hut verdeckte ihn fast ganz. Seine Lippen lächelten freundlich über einem weißen geschlungenen Kragen.
»Ihr seid die Freunde von Mr. Ross«, sagte er einfach. »Der gute Mann wurde in Columbus, Mississippi, ins Gefängnis gesteckt, und wir beten, daß ihm nichts geschieht. Ich wurde an seiner Stelle geschickt.«
»O Gott, hilf ihm«, betete Liza laut.
»Massa«, unterbrach Lester, »gerade sind zwei Sklavenjäger in Richtung Norden hier vorbeigekommen. Wir glauben, sie kommen von der Riley-Plantage.«
»Dann müssen wir euch sofort verstecken und uns später unterhalten.« Der kleine Mann sprang zu Boden.
Er schlug eine große Segelplane zurück, die den Wagen bedeckte. Darunter lag eine dicke Schicht aus frischem Heu.
»Ihr müßt unter das Heu kriechen.« Er sprach rasch, wie jemand, der mit seiner Aufgabe vertraut ist. »Dann decke ich euch mit der Plane zu. Verhaltet euch ruhig, falls wir angehalten werden. Ich übernehme das Reden.« Das freundliche Lächeln lag immer noch auf seinen Lippen.
Julilly und Liza krochen zuerst hinein und legten sich dicht nebeneinander. Lester und Adam folgten. Als der kleine Fahrer die Plane über sie zog, wurde es stockdunkel.
»Ich kann dein Gesicht gar nicht mehr sehen«, flüsterte Liza.

Julilly antwortete nicht. Sie war dankbar, daß Liza da war. Sie dachte über den kleinen Mann nach, der den Wagen lenkte. Ob er wohl einer der Quäker-Abolitionisten war? Würden die Sklavenjäger ihn auch festnehmen und ins Gefängnis stecken wie Massa Ross?

»Sagt kein Wort«, mahnte Lester sie alle.

Der Wagen holperte die Straße entlang. Das Heu war weich und duftete süß, aber Julillys Magen schmerzte vor Hunger. In dieser Nacht hatten sie keine Zeit gehabt, etwas zum Essen zu erbeuten. Selbst wenn der kleine Mann Brot für sie hatte, so konnten sie jetzt nicht anhalten, um zu essen.

In dem schaukelnden Wagen und dem weichen Heu geriet Julilly fast in Versuchung zu schlafen, aber der Hunger hielt sie wach, obwohl ihre müden Arme und Beine sich so anfühlten, als würden sie schlafen – völlig unabhängig vom Rest ihres Körpers.

Das Klappern von Pferdehufen und ein plötzlicher Ruck erschreckte die vier Flüchtenden. Lester flüsterte:

»Rührt euch nicht, selbst wenn die Plane zurückgeschlagen wird. Wenn sie uns finden, dann springt aus dem Wagen und rennt in den Wald. Sie werden nicht mit dem Gewehr auf uns schießen – sie wollen uns lebendig fangen!«

Julilly und Liza umarmten einander.

Eine laute, unfreundliche Stimme war zu hören.

»He, du Quäker-Abolitionist, fahr deinen Wagen an die Seite! Wir suchen nach Sklaven von der Riley-Plantage. Wir glauben, daß sie auf diesem Weg nach Norden unterwegs sind!«

Das war nicht die Stimme von Sims, und Julilly dankte Gott dafür. Aber es war jemand, der von Sims geschickt worden war und der nach ihnen Ausschau hielt.

»Zum Teufel mit euch Quäkern und euren breitrandigen Hüten! Niggerfreunde, das ist es, was ihr seid, der ganze

Haufen von euch.« Die barsche Stimme kam näher.
Das Scharren der zwei Pferde war zu hören. Julilly wußte, daß dies die zwei Männer waren, die sie kurz vorher gesehen hatten.
»Was wollt ihr von mir?« fragte der kleine Fahrer des Wagens mit klarer und fester Stimme.
»Wir wollen wissen, ob du heute nacht hier auf der Straße vier Sklaven gesehen hast – zwei Männer und zwei Mädchen.«
»Nein«, sagte der Quäker ohne zu zögern. »Ich habe hier auf der Straße nirgends zwei Männer und zwei Mädchen gesehen.«
»Er lügt,« dachte Julilly, doch dann korrigierte sie sich. Er log nicht, denn er hatte zwei Männer und zwei Jungen aus dem Wald kommen sehen. Und das glaubte er im Wagen zu haben. Mr. Ross, der ihnen befohlen hatte, sich als Jungen zu verkleiden, war ein kluger Mann.
»Euch diebischen Abolitionisten glaube ich kein Wort.« Der Mann auf dem Pferd sprach jetzt lauter. »Wußtest du, daß das neue Gesetz gegen flüchtende Sklaven, das gerade vom Kongreß verabschiedet worden ist, es den Sklavenhaltern erlaubt, ihren Menschenbesitz von überallher wieder zurückzuholen – sei es vom Norden oder vom Süden?«
»Ich kenne dieses grausame und ungerechte Gesetz genau«, antwortete der Fahrer ruhig.
»Ungerecht, sagst du?« Jetzt begann der Sklavenjäger zu schreien. »Leute wie du kann man allein dafür, daß ihr einem Flüchtenden etwas zu essen gebt, ins Gefängnis stecken und ihnen eine Strafe von 1.000 Dollar auferlegen!«
Julilly zitterte. Wie konnten sie es jemals schaffen? Man würde sie selbst in den freien Staaten im Norden jagen.
»Wir schauen besser nach, was dieser Bauer auf dem Wa-

gen hat.« Der zweite Reiter meldete sich schließlich zu Wort. »Steig ab und schlag die Plane zurück!«

Julilly hörte, wie der Fahrer von seinem Sitz heruntersprang.

»Seht selbst – ich fahre Heu zu meinem Neffen ins nächste Dorf.« Der Quäker sprach immer noch leise, während er an einer Ecke des Wagens die Plane anhob.

Julilly packte Lizas Arm. Sie rührte sich nicht, aber sie öffnete die Augen. Gott sei Dank war es immer noch dunkel!

»Das ist Heu«, sagte der zweite Reiter schnell. »Wir sollten besser zum Fluß zurückreiten, bevor es hell wird. Bei Tageslicht verstecken sich diese Nigger.«

Sie ritten wortlos weg.

Der kleine Fahrer zog die Plane wieder über den Wagen und lehnte sich vor.

»Wenn es hell wird«, sagte er zu den vier Sklaven, die angespannt und verängstigt unter dem Heu lagen, »halten wir in einer unbenutzten Scheune am Weg an und frühstücken.«

12

Das Tageslicht vertrieb die schützende Dunkelheit.

»Dieser Wagen ist eine rollende Falle«, sagte Liza schließlich zu Julilly. Der Wagen rumpelte schneller und warf sie bei jeder Unebenheit der Straße hin und her.

Jetzt, wo der Tag angebrochen war, hörten sie von überallher Geräusche – klappernde Pferdehufe, rüttelnde Karren, Menschen, die sprachen. Die Nähe der Gefahr belastete die Sklaven. Sie nahm ihnen den Atem, wie die Trockenheit des Heus und die Trockenheit ihrer Kehlen.

»Ich brauche Wasser«, brummte Adam vom anderen

Ende des Wagens.
»Vergiß das Wasser«, zischte Lester schlecht gelaunt. »Hörst du die Hunde bellen? Die Sklavenjäger haben sie auf unsere Spur gesetzt. Wären wir nicht über der Erde und würden in diesem alten Wagen dahinrumpeln, dann würden sie uns jetzt schon in die Fersen beißen.«
Julilly lauschte. In der Ferne hörte man schrilles Hundegebell, wie Lester gesagt hatte. Jagende Hunde auf der Spur eines Menschen konnte man genausowenig zurückhalten wie eine Hummel, die hinter dem Honig einer blühenden Magnolie her ist. Das wußte Julilly.
Plötzlich wurde der Wagen langsamer. Er schwenkte abrupt auf einen holprigen Weg ein, der eng sein mußte, denn an den Seiten schlugen Zweige gegen den Wagen. Die Räder platschten durch Pfützen, und dann hielt der Wagen an.
Offenbar mußte es schnell gehen, denn der kleine Fahrer hüpfte vom Bock und schlug rasch die Plane zurück.
»Ihr müßt sofort herauskommen und euch in der Scheune hier verstecken«, drängte er.
Julilly stand auf und streifte sich das Heu vom Haar und vom Gesicht. Sie konnte ihre Freude über die frische Luft und die strahlende Sonne nicht verbergen.
»Liza, schau mal«, rief sie.
Ein schnell fließender Bach funkelte neben ihnen. Eine alte Scheune stand daneben, unter einem Gewirr von Kletterpflanzen und krummen Baumstämmen. Und die Scheune schien sie mit offener Tür zu erwarten.
»Mein dummer alter Körper läßt sich nicht mehr auseinanderfalten.« Liza saß verkrümmt im Heu.
Julilly beugte sich nieder und hob ihre Freundin vom Wagen. Das war gar nicht schwierig. Sie konnte Liza tragen! Lester brauchte keine Angst mehr zu haben, daß irgend jemand sie aufhalten könnte.
»Ich werde scheinbar so stark wie ein Pferd«, lachte Ju-

lilly.
»Ich bin so verschrumpelt wie ein getrockneter Grashüpfer«, schimpfte Liza.
Sie gesellten sich zu Lester und Adam neben dem Bach, und alle vier tranken gierig.
Der kleine Quäker ging nervös neben ihnen auf und ab.
»Ihr müßt in die Scheune gehen!« Seine Stimme war freundlich, aber bestimmt. »Ich muß mich bald wieder auf den Weg machen. Wenn wir hier gefunden werden, habe ich keine Möglichkeit, euch zu beschützen.«
Sie folgten ihm in die Scheune. Drinnen roch es gut, und es war trocken. Jemand hatte den Boden mit frischgeschnittenem Heu bedeckt. Man hatte alles für sie vorbereitet. Neben der Tür stand ein Bündel mit Lebensmitteln.
Der kleine Fahrer zog sie alle nahe zu sich her neben ein Fenster. Er stellte etwas Rundes aus Glas auf die flache Fensterbank. Darin zitterte eine schwarze Nadel. Er erklärte ihnen, daß die Nadel immer nach Norden zeigte, genau wie der Nordstern.
»Ich lasse euch diesen Kompaß da«, sagte er und schob ihn mit seinem Messer ein wenig in Richtung Nordosten. »Ihr dürft nicht direkt Richtung Norden gehen, das ist zu gefährlich. Folgt der Nadel Richtung Osten, bis ihr zu den Cumberland-Bergen bei der Stadt Knoxville kommt. In den Bergen gibt es Höhlen zum Unterschlupfen und Indianerpfade, die euch führen.«
Die Flüchtenden lauschten aufmerksam. Julilly wiederholte die seltsamen Namen im Geist immer wieder.
Der kleine Mann schob seinen breitrandigen Hut von den Augen zurück. Jetzt erst bemerkte Julilly seine buschigen grauen Augenbrauen und die tiefliegenden, freundlichen Augen. Er sprach über Bergzüge, die sie überqueren, und über Städte, zu denen sie kommen wür-

den. Er glaubte daran, daß sie Kanada erreichen würden. Alle vier konnten diesen Glauben an das Gelingen ihres Vorhabens dringend gebrauchen. Sie rückten näher zu ihm hin. Jetzt hatten sie mehr Hoffnung als jemals zuvor, seit sie Massa Ross verlassen hatten. Der freundliche Mann blickte jedem von ihnen ins Gesicht, während sie ihn ruhig und erwartungsvoll umstanden.

»Ich wollte, ich könnte euch direkt zur Grenze von Kanada bringen.« Eine unerwartete Leidenschaft schwang in seiner Stimme. »Die Sklaverei ist ein entsetzliches Unrecht.«

Er zog eine runde, stabile Uhr aus der Tasche – dann überprüfte er den Stand der Sonne am Himmel. Er wurde wieder nervös und begann, schnell zu sprechen.

»Von den Bergen kommt ihr nach Kentucky zur Stadt Lexington«, sagte er. »Dort könnt ihr nachts den Eisenbahnschienen folgen. Sie führen direkt nach Norden, nach Cincinnati in Ohio, zum Haus von Levi Coffin. Vergeßt den Namen nicht. Er ist der Präsident der Untergrund-Eisenbahn.«

»Untergrund-Eisenbahn?« überlegte Julilly. Was mochte das wohl heißen? Hatten die Abolitionisten unterirdisch eine Straße gebaut, die bis nach Kanada führte? Sie durfte nicht vergessen, Levi Coffin danach zu fragen.

»Gott schütze euch«, rief der kleine Quäker, als er zu seinem Wagen rannte.

Die vier Sklaven blickten ihm nach. Er hatte ihnen Hoffnung gegeben und einen sicheren Platz gezeigt, wo sie bleiben konnten. Sein Heuwagen rumpelte auf der kleinen verlassenen Straße davon.

Alle vier waren sie fast fröhlich, als Lester das Bündel mit den Lebensmitteln öffnete. Brot, Käse und getrocknetes Wild lagen vor ihnen. Ein Sonnenstrahl, der durch das zerbrochene Fenster hereinfiel, warf seine goldene

Wärme darüber Lester gab jedem eine Portion und wikkelte den Rest wieder in das Bündel. Sie gingen in der Scheune umher und schüttelten Arme und Beine.
Eine Nacht und einen Tag lang war diese Scheune ihre Heimat. Sie hatte Wände und eine Decke. Und ein gesegneter Strom frischen Wassers rann vor ihrer Tür.
»Ein Geschenk, geradewegs vom Himmel«, erklärte Liza.
»Hier, jenseits des Wassers, wird kein Jagdhund unsere Spur finden«, lachte Adam.
Adam fand einen alten Eimer. Er drehte ihn um und begann mit einem Stock einen Rhythmus zu schlagen. Julilly erkannte den Takt eines Liedes und begann zu tanzen. Liza lächelte nicht, aber sie klatschte mit den Händen und schaukelte im Takt hin und her. Lester, der in der Ecke saß, war nachdenklich, aber es mißfiel ihm nicht.
»Bevor die Sonne untergeht, sollten wir ein paar Fische fangen«, sagte Adam. Er legte den Eimer weg und ging zur Tür. Lester ging mit.
»Wir gehen auf die andere Seite des Flusses, wo die Bäume dicht nebeneinander stehen«, sagte er. »Dort kann uns niemand sehen.«
»Es wäre sicherer, den Bach nicht zu überqueren«, rief Julilly ihnen zu. Aber sie hörten nicht auf sie. Sie waren schon dabei, durch das Wasser zu waten.
Julilly schaute auf die goldene Sonne, die auf die Scheunenwand fiel. Das frische Heu fühlte sich weich an unter ihren Füßen. Sie dachte daran, ihre Kleider im Bach zu waschen und sie in die Sonne zu legen, zum Trocknen.
»Wenn man schon Lumpen tragen muß« – Julilly konnte die Stimme von Mammy Sally hören, die das vor langer Zeit auf Massa Hensens Plantage gesagt hatte – »dann muß man sie sauberhalten.«
Es war ruhig, jetzt, wo die Männer weg waren. Julilly

und Liza schoben das Heu in eine Ecke.
»Nun haben wir ein Bett«, lachten sie.
Sie fanden ein Brett und stellten es auf ein paar Holzscheite, als Tisch. Sorgfältig legten sie das Bündel mit den Lebensmitteln darunter.
»Jetzt haben wir ein Haus, das sogar für eine feine Dame schön genug ist«, sangen sie gemeinsam.
Der rauschende Bach verschluckte die Geräusche von der Straße her. Nur das klare Lied einer Spottdrossel war über dem Geplätscher zu hören. Sogar der Wind, der in den Blättern spielte, war still. Kein Knacken von Zweigen verriet, wo Lester und Adam hingegangen waren.
Es schien ganz unwirklich, als das Kläffen der Jagdhunde die Luft durchschnitt und in die sichere, sonnenbeschienene Scheune drang. Julilly schrie auf. Sie und Liza packten das Lebensmittelbündel und den Kompaß auf der Fensterbank. Sie verkrochen sich in der äußersten Ecke der Scheune und zogen das Heu über sich.
Die kläffenden Hunde hatten das Bachufer erreicht. Das Schlurfen und Klappern von Pferdehufen war zu hören. Die Spottdrossel flog auf, und einen Moment lang herrschte Stille, als sie ihr Lied abbrach. Aber dann erklangen Schreie und Rufe und Peitschen knallten zwischen den spielenden Blättern.
Julilly schluchzte. Lizas schmerzender Rücken wurde ganz starr. Eine Wolke löschte den Sonnenfleck an der Wand.
Die Jagdhunde rannten ins Wasser, und das Plätschern vermischte sich mit dem aufgeregten Gekläffe. Ihre flinken Nasen fanden die Spur von Adam und Lester, und sie rasten bellend den Bach hinauf zu der Baumgruppe und brachen durchs Gebüsch. Die Pferde stampften hinter ihnen her, die Männer im Sattel schrien, und ihre Peitschen durchschnitten die Luft.
Gedämpfte Schreie des Schmerzes und der Angst kamen

vom Bach herüber. Julilly und Liza standen hilflos an der Scheunentür und rangen die Hände. Die Schreie kamen von Lester und Adam. Man konnte hören, wie die Hunde jetzt knurrten und zuschnappten.
»Man hat sie gefangen!« stöhnte Liza und schwankte wie verrückt vor und zurück.
Dunkelheit senkte sich über Julilly, als wäre die Nacht angebrochen, hätte sie eingeschlossen, ohne Möglichkeit zu entrinnen.
Die Hunde begannen zu heulen. Sie hatten ihre Beute gefunden. Aber die Rufe der Männer hörten nicht auf, noch das Stöhnen und Flehen der Sklaven. Und dazwischen war als schreckliches und alles verbindendes Geräusch das Klirren von Ketten zu hören.
Julilly weinte. Der große stolze Lester war wieder angekettet; der freundliche einfache Adam stöhnte unter der klatschenden Peitsche.
»Nimm die Lebensmittel und den Kompaß, Julilly, und hol dein Bündel!« Lizas Stimme war rauh. »Die Geräusche kommen näher. Sie kommen hierher zur Scheune.«
Julilly sprang auf und packte ihre ärmlichen Habseligkeiten. Zusammen schauten sie auf den zitternden Pfeil des Kompasses, der nach Osten zeigte. Sie warfen den Tisch um, stießen das Heu über den Boden und rannten in die entgegengesetzte Richtung den Bach hinauf, um ihre Spur zu verwischen. Schließlich verließen sie ihn und rannten in ein Wäldchen auf der anderen Seite der Hauptstraße. Sie kämpften sich tiefer ins Unterholz, Richtung Osten, und hielten dann an.
»Wir dürfen uns nichts mehr vormachen, Liza.« Julilly kauerte unter einem Busch. Ihr Gesicht war finster und ihr Mund war fest zusammengekniffen. »Es wird ein hartes Stück Arbeit sein, und wir werden viel Glück brauchen und viel beten müssen, wenn wir Kanada erreichen

wollen.«
Liza schaute nach Norden. Ihre Hände ballten sich zu Fäusten. »Lester ist so entschlossen, die Freiheit zu erlangen, daß er die Kette sprengen und Adam geradewegs hinter sich her ziehen wird.«
Sie krochen eng zusammen und lauschten dem Gebell der Hunde, das sich langsam entfernte.

13

Erst als die Nacht sich über ihnen schloß, fühlten sich Julilly und Liza sicher genug, nach Osten zu den Bergen zu wandern. »Die Appalachen«, hatte der Quäker sie genannt. Sie aßen eine winzige Portion von ihren Lebensmitteln. Die mußten mindestens noch einen Tag reichen. Sie fanden eine Handvoll Beeren an einem Busch bei ihrem Versteck, und der süße Saft stillte ihren Durst. Es war das einzige glückliche Ereignis an diesem bitteren Tag der Furcht und der Verzweiflung.
Ein großer Mond beleuchtete den Himmel und zeigte alle Pfade und Wege. Die Mädchen hielten sich unter den Bäumen und den Sträuchern, denn sie hatten die grausamen Reiter der vorherigen Nacht nicht vergessen. Im Mondlicht konnten sie den Kompaß sehen, und sie befragten ihn häufig, um sicher zu sein, daß ihr Kurs richtig war.
Ihre Füße schmerzten, ihre Arme und Beine waren zerkratzt, aber sie kämpften sich auf den überwachsenen Pfaden und zerklüfteten Felsen vorwärts, obwohl es ihre Kraft fast überstieg. Im Morgengrauen hielten sie an einem flachen Bach an, um zu trinken und sich zu waschen. Von dem gedörrten Wild und dem trockenen Brot genehmigten sie sich nur ein wenig. Sie aßen langsam und schweigend. Sie sparten ihre Worte, als müßten sie

das einzige, das ihnen unbegrenzt zur Verfügung stand, genießen.

»Wir müssen einen Platz finden, wo wir uns tagsüber verstecken können«, sagte Julilly schwerfällig. Sie stand langsam auf und zog Liza hoch. Sie gingen weiter. Ein überwachsener Pfad führte zwischen den Felsen und den Bäumen hindurch.

»Es geht ununterbrochen aufwärts.« Liza atmete schwer. »Wir müssen in den Bergen angekommen sein.« Sie kletterte auf Händen und Knien weiter, gekrümmt und mager.

Der Morgennebel, der sie umgab, löste sich auf und verschwand. Weit unter ihnen konnten sie ein paar kleine Bauernhöfe sehen. Die Menschen und die Tiere bewegten sich wie winzige Ameisen.

»Das sind ganz sicher die Berge.« Julilly lehnte sich erschöpft an einen Baum, aber sie konnte wenigstens aufrecht stehen. Sie machte sich Sorgen um Liza.

»Von jetzt an gehen wir Richtung Norden«, sagte sie. Sie lehnten sich über den Kompaß und sahen, daß der kleine Pfeil geradeaus vorwärts zeigte.

Ein großer Felsen ragte über den Pfad, und darüber war eine Höhle zu sehen.

»So rund wie der Eingang eines Schlangenbaus«, rief Liza.

»Das muß eine der Höhlen sein, von denen der Mann uns erzählt hat.« Julilly begann darauf zuzuklettern, und Liza folgte ihr. Sie schauten hinein. Der Fußboden der Höhle war trocken und sandig, und die Seitenwände und die Decke bestanden aus solidem Stein. Sie gingen tiefer hinein, und die Dunkelheit schloß sich über ihnen wie unter der Wagenplane des Quäkers. Als Julilly die Arme ausstreckte, konnte sie ihre Finger nicht mehr sehen.

»Wir schlafen nahe am Eingang«, verkündete Julilly. »Du schläfst zuerst, Liza.« Sie lehnte sich erschöpft gegen

einen der Felsen.
Die kleine dünne Liza rollte sich todmüde neben das Bündel mit den Lebensmitteln. Sie hatte alle Kraft verbraucht, die noch in ihrem mißhandelten Körper steckte. Julilly beugte sich über ihre verkrüppelte Freundin. Jetzt, wo Lester fehlte, war sie diejenige, die entscheiden mußte, wohin sie gehen sollten. Liza hatte schon genug damit zu tun, sich mit ihrem schmerzenden Körper überhaupt vorwärtszuschleppen. Julilly mußte sich auch über Nahrung Gedanken machen. In diesen felsigen Bergen schien es nichts Eßbares zu geben.
Der rosafarbene Sonnenaufgang brach an. Das Licht fiel auf Julilly und verwandelte ihre zerlumpte Kleidung zu Gold. Soweit sie sehen konnte, war alles friedlich. Sie atmete den Duft des Morgens tief ein und vergaß, daß sie hungrig war. Die Sonne stieg nach und nach am Horizont auf und verbreitete ihre Wärme. Sie berührte Julilly, wischte die Kälte des Bodens von ihren Füßen und trocknete ihre feuchten, zerlumpten Kleider. Julilly fühlte, wie sie mit dem warmen, weichen und schützenden Lichtfleck verschmolz. Sie schloß die Augen und schlief ein.
Die beiden Mädchen schliefen während der heißen Mittagszeit. Sie schliefen, während ein Hirsch am Eingang der Höhle vorbeikam und das Gras in der Nähe beschnupperte. Seine furchtsamen Augen glitten über die Mädchen hinweg, dann zog er weiter.
Am frühen Nachmittag flog eine weiche graue Spottdrossel vom Himmel und setzte sich auf den weißrindigen Zweig einer Espe. Sie putzte sich unter den schimmernden, sonnengefleckten Blättern, bevor sie ein lautes, klares Lied anstimmte.
Liza und Julilly rührten sich. Das klare Lied erweckte eine Erinnerung an Mississippi.
»Es ist Morgen und Zeit zum Baumwollpflücken, und ich habe zu lange geschlafen...« Julilly sprang auf die Beine

und stieß sich den Kopf an einem hervorstehenden Felsen an. Liza richtete sich langsam auf. Jeder Knochen tat ihr weh, wenn sie sich bewegte.
»Sieht so aus, als wäre ich inzwischen an der Reihe zum Wachehalten«, seufzte Liza. Sie war erleichtert, daß Julilly neben ihr war, und daß es nur eine Spottdrossel gewesen war, die ihr Versteck gefunden hatte.
»Ich habe auch geschlafen.« Julilly hatte ein schlechtes Gewissen und war ganz verstört. Sie hatte sich geschworen, beim Verstecken vor den Sklavenjägern und beim Wachehalten immer äußerst vorsichtig zu sein.
Aber Liza machte ihr keine Vorwürfe. Sie griff nach dem Essensbündel und kehrte es sorgfältig von innen nach außen. Aber sie fand nur ein paar Krumen und ein kleines Stück Brot, kaum größer als ein Vogelei. Sie zerbrach es und verteilte die trockenen Krumen. Julilly suchte eine Quelle und füllte ihr Trinkgefäß. Sie aßen das Brot und tranken große Schlucke Wasser, aber sie waren immer noch hungrig. Sie mußten noch etwas zum Essen finden. Sie konnten nicht die ganze Nacht klettern, ohne etwas zu essen. Julilly ging außen um die Höhle herum und schaute nach Beeren oder sogar nach Wurzeln aus, die sie kauen konnten. Aber nichts war zu finden.
»Wir können nicht laufen, Liza, wenn wir nicht etwas essen, um Kraft zu schöpfen«, sagte Julilly.
»Wir können nicht einfach hier sitzen bleiben, Julilly, und verhungern.« Lizas Stimme war fest und entschlossen. Sie schaute ins Tal hinab, wo aus vereinzelten Bauernhäusern Rauchspiralen aufstiegen wie wolkige Spinnweben. Und der Rauch bedeutete, daß dort gekocht wurde.
Vor ihnen erhoben sich die Gipfel der Appalachen, in deren Richtung sie gehen mußten. Das bedeutete, daß sie tagelang auf steilen und felsigen Indianerpfaden auf und ab steigen mußten. Das bedeutete auch, daß die Pflan-

zenwelt, die Tiere, die Bäume und die reißenden Bäche den Sklavenmädchen aus dem flachen Süden mit seinen Baumwollfeldern fremd sein würden.

Julilly blickte zu ihrer Freundin hin und dann zu den Bauernhäusern im Tal unter ihr.

»Liza, ich glaube, es ist klar, was wir tun müssen. Wir müssen weitergehen, und wenn es dämmrig wird, steigen wir zu einem Haus hinunter und kaufen von dem Geld, das uns Massa Ross gegeben hat, etwas zum Essen.« Julilly fühlte nach den zerknitterten Dollarscheinen ganz unten in ihrem Bündel.

»Ja, das müssen wir tun«, nickte Liza.

Sie saßen lange Zeit still da, aber es gab nichts mehr zu sagen. Sie nahmen ihre armseligen Bündel und den Kompaß und begannen langsam, an der Seite des Berges hinunterzusteigen.

Der Pfad, auf dem sie gingen, führte zu einer kleinen Lichtung, eingerahmt von dichtem Gebüsch und einigen hohen Pinien. Genau in der Mitte stand ein viereckiges Blockhaus. Es war solide und warm, und es lebte jemand darin, denn aus dem Kamin stieg sanft der Rauch auf.

»Da muß ich hingehen.« Julilly holte tief Luft und nahm einen der Dollarscheine in die Hand. Rasch strich sie ihr Haar glatt. Es war das erste Mal seit dem Beginn der Reise, daß sie sich überlegte, wie sie wohl aussehen mußte. Das kurze Haar wurde länger, und es war borstig und ungepflegt.

»Du bleibst hier, Liza, falls wir davonrennen müssen.«

Liza sagte nichts, sondern rieb nur ihre dünnen vernarbten Beine.

Julilly marschierte los. Sie hielt ihren Blick auf die Hüttentür gerichtet. Sie wußte, daß sie nicht stehenbleiben durfte, bevor sie dort angelangt war. Als sie näher herankam, bemerkte sie Essensgeruch, und ihr Hunger wurde so schlimm, daß sie zur Tür rannte und laut klopfte.

Einen Moment lang geschah nichts, dann ging die Tür weit auf und eine hagere, weißhäutige Bauersfrau stand groß und herausfordernd vor ihr. Sie hielt ein Gewehr geradewegs auf Julilly gerichtet. Auf ihrem unbewegten und vom Wetter gegerbten Gesicht lag keine Furcht. Sie war so robust und so stark wie ihre Hütte, und ihr wollenes Kleid war dick und hatte keine Löcher.

Die Nähe des kochenden Essens ließ Julilly alle Vorsicht vergessen. Sie hielt der Frau das Geld hin und versuchte, an dem Gewehr vorbei ins Innere der Hütte zu schielen.

»Ich habe Geld«, sagte Julilly. »Ich möchte etwas zu essen kaufen.«

Die Frau stand unbewegt da. Ihre Lippen bewegten sich kaum, aber ihre Stimme war laut und durchdringend. Ihre Worte klangen wie Kugeln aus dem Gewehr.

»Scher dich weg von meinem Land, Niggersklave!« Die Worte durchschnitten die Lichtung und drangen bis in den unbewegten und stillen Wald.

»Du bist geflohen, und du hast das Geld gestohlen.« Ihre Stimme war gleichmäßig und durchdringend, ohne das geringste Anzeichen von Furcht.

Julilly knüllte das Geld in der Hand zusammen.

»Und jetzt scher dich von meinem Land – aber schnell« – sagte die Frau, »oder ich benutze mein Gewehr! Und ich kann gut zielen!«

Julilly drehte sich um und rannte. Sie stolperte in das Gebüsch und suchte verzweifelt nach Liza. Ein knochiger Arm griff nach ihr. Es war Liza.

»Komm hierher«, flüsterte Liza. »Hier ist eine Höhle.«

Diesmal war es Liza, die Julilly führte. Die Höhle war klein, aber sie war durch umgestürzte Baumstämme geschützt. Zitternd und verängstigt kauerten sie sich zusammen hin.

»Die Frau mit dem Gewehr in der Hand sah so böse aus

wie eine einäugige Krähe«, sagte Liza schließlich.
Julilly lachte ein bißchen und stopfte das Geld tief in ihr Bündel. Sie war froh, in Sicherheit und bei Liza zu sein.
»Mit dir bin ich ganz gewiß lieber zusammen als mit einem Gewehr.« Julilly versuchte zu lächeln.
Aber Liza lächelte nicht.
»Wir müssen es noch einmal versuchen, Julilly, und diesmal bin ich dran.« Mühsam begann Liza, aus der Höhle zu kriechen. Julilly zog sie am Arm hoch und suchte nach dem Pfad, der sie auf die Lichtung geführt hatte. Sie wußten beide, daß sie etwas zum Essen finden mußten, denn schon bald würden sie zu schwach sein, um nach etwas zu suchen.
Sie stolperten langsam in die entgegengesetzte Richtung, und diesmal kamen sie zu einer Ebene mit wogendem Gras. Einige Kühe grasten dort. Vom Nacken einer der Kühe erklang eine helle Glocke.
Die Kühe hatten volle Euter, aber weder Julilly noch Liza hatten jemals eine Kuh gemolken und waren auch noch keiner nahe gekommen. Aber Julilly erinnerte sich an Massa Hensens Herde, wie sie abends heimkam, voraus die Leitkuh mit einer bimmelnden Glocke um den Hals.
»Wir warten hier ein bißchen, und wenn sie sich auf den Heimweg machen, dann gehen wir hinterher.« Julilly setzte sich auf einen glatten Felsen hinter einem niedrigen, schützenden Gestrüpp. Liza setzte sich neben sie.
»Wenn eine Kuh Gras fressen kann, müßten wir das doch eigentlich auch können«, überlegte Julilly, während sie den freundlichen Tieren zuschaute, wie sie große Büschel Gras abrissen und kauten.
»Wir sind keine Kühe.« Liza runzelte die Stirn.
Julilly lachte. Es brach unerwartet aus ihr hervor, als wäre der Deckel von einem sprudelnden Topf gefallen. In ihr

brodelten verschiedene Ängste, die ein Prickeln bis in die Fingerspitzen aussandten.
»Ich weiß, daß wir es tun müssen, Liza« – Julilly sprach, ohne auf das ernste Gesicht ihrer Freundin zu blicken –, »aber es bedeutet, daß wir wieder mit Weißen sprechen und sie um Lebensmittel anbetteln müssen. Sie wollen unser Geld nicht. Ich hab' Angst.«
»Wir schaffen es schon, Julilly. Du hast Kraft und du hast Mut. Ich habe Gott gebeten, uns zu helfen.«
Kraft und Mut. Julilly dachte über diese Worte nach. Das war es, was Mammy Sally hatte. Es bedeutete, der Gefahr geradewegs in die Augen zu sehen, ohne den Kopf zu senken. So wie Lester, wenn die Ketten ihm in die Knöchel schnitten. Es war schlimm, an Lester zu denken. Das brachte Furcht und noch mehr Schmerz. Er war jetzt angekettet, und seine Knöchel bluteten.
Die Mädchen saßen eng beieinander. Sie schmiedeten flüsternd einen Plan. Sie würden den Kühen zum Bauernhaus folgen. Und wenn ihnen die Bauern nichts zu essen gaben, mußten sie sich etwas nehmen – vielleicht Mais von den Feldern. Wenn die Bauern eine von ihnen dabei erwischen sollten, würde die andere bei Dunkelheit ins Haus schlüpfen und sie befreien.
Das süß duftende Gras um sie raschelte, denn nahe bei dem Felsen, auf dem die Mädchen saßen, schwang die Kuh mit der Glocke den Kopf hin und her. Die Mädchen hörten den großen weißen Bauern nicht, der direkt hinter ihnen stand.
Sie hatten keine Zeit, wegzurennen oder sich zu verstekken, als er plötzlich vor sie trat.
Liza packte Julillys Arm.
»Herr, rette uns!« rief sie.
Julilly starrte den Bauern an. Einerseits hatte sie Todesangst, andererseits war sie ganz fasziniert.
Dieser Mann war kein Sims und auch kein Bauer wie

Massa Riley. Er hatte ein frisches, einfaches Gesicht. In seinen blauen Augen unter den geraden, hellen Augenbrauen lag nichts Böses.
Er lächelte.
»Sklaven?« fragte er.
Die Mädchen rührten sich nicht.
Der Bauer packte das Halsband der Leitkuh und begann, den Bergpfad hinunterzugehen. Er winkte Liza und Julilly, ihm zu folgen.
Es schien ihnen das beste, ihm nachzugehen. Er hatte sie nicht berührt, und er zwang sie nicht zum Mitkommen. Aber sie gingen in sicherem Abstand hinter ihm.
Sie liefen um ein Wäldchen mit hohen Kiefern herum, dann kamen sie wieder auf eine Ebene. Hier standen viele kleine und saubere Hütten. Aber keine Sklavenhütten. Sie waren nicht so alt und so armselig. Sie waren neu und glänzten, mit eingezäunten Gärten dahinter und leuchtenden Blumen, die um die Ecken wucherten. Fleißig arbeitende Frauen in langen Kleidern waren zu sehen. Ihr helles Haar war fest zu einem ordentlichen Knoten zurückgebunden. Kleine Kinder in Röckchen und Hosen hüpften herum, sangen und spielten miteinander. Nur ein paar Sekunden lang unterbrachen sie ihr Spiel, um Julilly und Liza anzustarren. Es schien ein normaler Anblick zu sein, daß geflohene Sklaven einem Bauern in ihr Dorf folgten. Es gab überhaupt keine Aufregung.
Eine Frau kam heran, fast als hätte man die beiden Mädchen erwartet.
Sie sprach mit dem Bauern in einer fremden Sprache.
»Wir sprechen Deutsch«, sagte er zu Julilly und Liza.
»Deutsch?« wiederholten sie. Für Liza und Julilly hatte das Wort keinerlei Bedeutung, aber sie folgten der Frau. Sie gingen in eine der hellen, neuen Hütten. Hätte man das Innere nach außen gekehrt, so hätte das keinerlei Unterschied gemacht – alles war sauber gebürstet und po-

liert.
In der Küche stand der größte Kessel auf dem Boden, den die Mädchen je gesehen hatten, gefüllt mit dampfendem, sauberem Wasser.
Die Frau lächelte. »Mädchen?« fragte sie und deutete auf ihre zerlumpten Hosen und Hemden. Die Jungenkleidung hatte sie nicht zu täuschen vermocht.
»Wascht euch in der Wanne.« Die englischen Worte kamen langsam und schwerfällig. »Gebt mir alte Kleider.« Sie reichte ihnen ein Stück Seife und zwei weiße Handtücher.
Sie wartete. Die Mädchen schälten sich aus ihren zerlumpten und schlammgetränkten Kleidern. Dann steckten sie vorsichtig die Hände in das Wasser. Die Frau lachte.
»Steigt ganz in Wasser und schrubbt. Auch Haar!« Sie hob die Kleider mit einem Stock hoch und verließ das Zimmer.
Liza und Julilly schauten sich an.
»Du bist das dreckigste Mädchen, das ich je gesehen habe.« Liza beugte sich zu Julilly vor. »Du wäscht mich, und ich wasche dich.«
Auf dem Rücken von Liza waren kreuz und quer Narben zu sehen, die von der Peitsche stammten. Julilly blickte rasch weg und stieg langsam in die Wanne. »Ich war noch nie in einer Badewanne, aber es fühlt sich sehr gut an.« Sie ließ sich langsam ins Wasser sinken.
»Ich komme mir vor wie ein gehäuteter Katzenfisch.« Liza grinste und ließ sich spritzend neben Julilly nieder.
Die Mädchen schrubbten sich das Gesicht, die Haare und die Beine. Das Wasser war völlig vom Seifenschaum verdeckt. Zuerst war er weiß, dann grau, dann braun.
»Sieht fast so aus wie der Mississippi«, kicherte Julilly.
Sie stiegen aus der Wanne und trockneten sich ab. Ein

paar andere Frauen kamen herein. Zwei von ihnen trugen die Wanne hinaus, um das Wasser auszuleeren. Eine andere streifte den Mädchen lange saubere Hemden über. Noch eine andere stellte Essen auf den Tisch – Gläser mit Milch, dicke Brotscheiben, kremige Butter, aufgeschnittenes Wild. Liza und Julilly setzten sich auf die Bank und aßen.

Die Frauen unterhielten sich leise, immer noch in der seltsamen deutschen Sprache.

Dann kam die erste Frau wieder herein – diejenige, die ihre Kleider mitgenommen hatte. Warnend hob sie den Finger. »Ihr müßt langsam essen«, sagte sie. »Jetzt etwas – und etwas nach dem Schlafen.«

Sie breitete saubere Matten auf dem Fußboden aus. Die dufteten herrlich nach Gras, von den Wiesen, wo die Kühe weideten. Es gab keine summenden Fliegen, keine surrenden Moskitos – in dieser sauberen Hütte mußte man sich nicht vor ihnen verkriechen.

»Meine Haut fühlt sich so sauber an, daß ich bestimmt glänze.« Julilly gähnte.

Liza strich das weiße Hemd über den Knien glatt, rieb ihre Hände aneinander und drehte sie hin und her, um die saubere Haut zu bewundern. Zwei große Tränen rannen über ihre Wangen und tropften auf ihren Schoß. Sie wischte sie grob ab.

»Es ist nur, weil ich noch nie so sauber war«, versuchte sie zu erklären.

Die Frau, die etwas Englisch sprach, lächelte. Sie nahm Julillys Hand und dann die von Liza und führte die beiden zu den Matten.

»Schlaft«, sagte sie und ging weg.

Das goldene Sonnenlicht, das durch die offene Tür hereinfiel, verblaßte immer mehr und ging über in das Zwielicht vor dem Dunkelwerden. Die Mädchen schoben die Matten nah zusammen und schliefen sofort ein.

Es war ein langer Schlaf für Julilly und Liza. Ein paarmal fuhren sie hoch – aufgeschreckt durch morgendliche Geräusche. Aber dann streckten sie sich wieder auf den sauberen Matten aus. Sie spürten die Sicherheit, die ihnen die Bauernhütte bot, und schliefen weiter.
»Meine müden Knochen liegen hier Seite an Seite und fühlen sich wohl«, sagte Liza lächelnd.
»Ich werde etwas singen«, verkündete Julilly. Zuerst summte sie nur.

I am bound for the promised land.
I am bound for the promised land.

Doch dann sang sie aus voller Seele, mit einer Stimme, die der von Mammy Sally so ähnelte, daß es Julilly fast so vorkam, als sei es Mammy Sally, die da sang.

Oh, who will come and go with me.
I am bound for the promised land.

Die Frauen und die Kinder aus den anderen Hütten kamen zur Tür und lauschten. Sie lächelten. Eine schüttelte den Kopf und weinte.
Zwei Frauen kamen herein. Sie unterhielten sich auf deutsch. Essen wurde auf den Tisch gestellt, und die Mädchen ließen es sich schmecken. Erst als die Frau hereinkam, die Englisch konnte, und ihre gewaschenen und geflickten Kleider brachte, wußten die Mädchen, daß sich ihr Besuch dem Ende näherte.
Die Frau gab ihnen die Kleider und zwei Bündel mit Lebensmitteln.
»Ihr müßt euch umziehen jetzt und dann gehen«, sagte sie langsam und schwerfällig. »Sklavenjäger im Tal. Geht hoch in die Berge – dann nach Norden.«
Die Mädchen schlüpften in ihre Kleider. Sie hängten sich die Bündel mit dem Essen über den Arm.
»Seid ihr Abolitionisten?« fragte Julilly. Sie brach sich fast

die Zunge an dem langen Wort.
»Nein, Mennoniten[1]«, sagte die Frau. »Wir haben diesen Ort hier weit weg von anderen Leuten gebaut. Er heißt Felsheim, Tennessee.«
»Das muß so etwas sein wie eine Kirche«, erklärte Liza, als sie sich mit Julilly zu einem dichten Wald am Berghang aufmachte. »Mein Daddy ist Baptist.«
»Gott schütze euch«, rief die Frau von den Hütten in dem grünen Tal her.
Julilly und Liza wußten nicht, wie sie dieser freundlichen Dame ihre Dankbarkeit zeigen sollten. Nicht einmal miteinander konnten sie darüber reden. Die Freundlichkeit der Bewohner von Felsheim hatte ein wenig der Grausamkeit ausgelöscht, die sie zu Sklaven gemacht hatte. Aber sie wußten nicht, wie sie auf ein derartiges Entgegenkommen reagieren sollten.

14

Die Gefahr, von Sklavenjägern entdeckt zu werden, war nachts auf den Pfaden hoch in den Bergen nicht so groß. Aber für Julilly und Liza war diese wilde Gegend trotzdem furchteinflößend und fremdartig. Schrille Tierrufe, die sie noch nie gehörte hatten, erklangen von allen Seiten. Ihr Pfad wurde manchmal »so schmal, wie die Schnur, mit der man einen Baumwollballen bindet«, wie Liza meinte.
Die Mädchen hielten sich an den Händen. Einmal mußte sich Julilly an einem schwankenden Baumstamm festklammern, sonst wären sie den Abhang hinuntergerutscht. Liza fiel gegen sie und hielt sich an ihr fest. Auf

[1] Mitglieder der nach dem Friesländer Menno Simons (1492–1555) genannten Sekte.

Händen und Füßen kletterten sie wieder nach oben.
»Wenn der Nordstern nicht da oben stehen würde, um uns zu locken, dann könnte ich nicht mehr weiter.« Julilly erschauerte.
Schon bald begann ein seltsamer, unruhiger Wind zu blasen. Er strich flatternd umher. Er wirbelter die Steinchen neben dem Pfad auf, dann hüpfte er in die Bäume und verwandelte die riesigen Kiefern in häßliche zerzauste Büsche.
Eine Wolke schob sich über den Mond, und ihr Pfad versank in Dunkelheit. Es war jetzt dunkel, so dunkel wie in der hintersten Ecke einer Höhle. Die Luft wurde kalt. Julilly und Liza hörten auf zu klettern und hielten sich am Stamm des nächsten Baumes fest. Der Wind brach über sie herein wie die Peitsche eines Sklavenbesitzers.
Irgendwo aus der Nähe erklang ein langgezogenes, knisterndes Geräusch und dann ein dumpfer Schlag. Als die Blitze aufleuchteten, konnten Julilly und Liza einen riesigen Baum sehen, der aus dem Boden herausgerissen worden war und dessen nackte, nutzlose Wurzeln dem Sturm ausgesetzt waren. Donner erschütterte den Himmel, und dann stürzte der Regen zu Boden wie sich bewegende Wände aus Wasser. Ein weiterer Blitz folgte. Diesmal sahen die Mädchen eine ebene Fläche ganz in der Nähe, geschützt durch einen überhängenden Felsen.
»Hol alle Äste, die du finden kannst, Liza, und leg sie unter den Felsen.« Julilly mußte schreien, um den Wind zu übertönen.
Der Haufen wurde immer höher. Sie zerrten schwere Äste heran, die nicht fortgeweht werden konnten.
»Jetzt graben wir ein Loch unter den Felsen«, schrie Julilly.
Sie scharrten und buddelten. Ihre Hände bluteten; aber langsam entstand ein kleiner Unterschlupf, groß genug, daß sich die beiden hineinzwängen konnten. Sie schoben

ihre Bündel vor sich her.
»Hier ist es trocken.« Liza tastete den Boden mit den Händen ab.
Aber ihre frischgeflickten Kleider waren tropfnaß, und sie zitterten vor Kälte, wenn der Wind durch ihren selbstgebauten Unterschlupf fuhr. Sie hatten keine andere Wahl, als ihre Kleider auszuziehen, sie so gut es ging auszuwringen und über die trockenen Zweige zu hängen. Sie bedeckten sich mit Kiefernnadeln und trockenen Blättern und gruben sich mit Stöcken tiefer in die Erde ein.
Sie legten sich dicht nebeneinander, um sich gegenseitig zu wärmen. Irgendwie schliefen sie ein, und als sie erwachten, hatte sich der Wind gelegt. Bergvögel zwitscherten ihr Morgenlied und eine hellrosa Sonne bestrahlte schüchtern den Himmel. Die Mädchen lugten durch die Wand aus Zweigen. Herabgefallene Äste und Blätter lagen kreuz und quer umher.
»Sieht so aus, als hätte jemand alles mit einem großen Holzlöffel umgerührt.« Julilly reckte den Kopf über die Äste.
»In diesem Durcheinander sucht keiner nach entsprungenen Sklaven.« Liza schüttelte die immer noch feuchten Kleider aus und hängte sie sorgfältig über einen Ast in der wärmenden Luft.
Die Sonne stieg höher. Es war feucht und heiß. Die nassen Kleider dampften, und schließlich waren sie steif und trocken. Dankbar zogen sich die Mädchen an und aßen eine kleine Menge der Lebensmittel, die ihnen die guten Frauen von Felsheim eingepackt hatten.
»Am besten marschieren wir tagsüber«, sagte Julilly. »Hier gibt es keine Pfade mehr und keine Spuren von Menschen.«
»Bei Nacht über all diese Äste und Steine zu steigen ist mehr, als meine Beine schaffen«, stimmte Liza zu.
Sie beschlossen, immer im Schutz der Bäume zu gehen

und sich sofort zu verstecken, wenn irgend etwas zu hören war. Sie machten sich auf den Weg. Manchmal hüpften kleine, pelzige Tierchen über ihren Pfad, aber die wilden Tiere, die in der Nacht heulten, schienen sich tagsüber zu verstecken. Die Mädchen kletterten und kletterten und hielten nur an, um aus den überfluteten Bergbächen zu trinken. Die Nadel ihres Kompasses, den Julilly stets in der Hand hielt, war ihr Führer.

Das Land wurde immer flacher, und die schützenden Berggipfel lagen hinter ihnen. In dieser Nacht schliefen sie unruhig in einem Maisfeld neben einer Straße.

Sehr früh am nächsten Morgen sah Julilly einen alten farbigen Mann auf der Straße dahinschlurfen. Er zog einen Wagen hinter sich her. Schnell kroch sie aus ihrem Versteck und ging zu ihm hin. Sie hatte keine Angst vor diesem alten, weißhaarigen Mann mit dem schwarzen Gesicht.

»Kannst du mir sagen, zu welcher Stadt man hier kommt?« fragte sie.

Der alte Mann fuhr zusammen. Julilly hatte ihn erschreckt. Wahrscheinlich war er schon oft hier entlanggegangen, aber noch nie war ein schwarzes Mädchen aus heiterem Himmel vor ihm erschienen. Er hielt und schaute sie genau an.

»Lexington, Kentucky«, antwortete er freundlich. Dann flüsterte er: »Bist du ein Sklave? Auf der Flucht?«

Julilly brauchte nicht zu antworten. Der alte Mann wußte Bescheid. Vorsichtig blickte er zur Straße hinter sich, als würde er jemanden erwarten. Dann zog er seinen Wagen an die Seite und ließ die Deichsel zu Boden gleiten. Er griff in seine lose Jacke und zog einen halben Laib Brot heraus.

»Das ist für dich, Kind«, sagte er leise. Seine weisen alten Augen lagen kurz auf ihr, dann blickte er mit einem Ausdruck müder Duldsamkeit in die Ferne.

»Wenn ich ein junger Mann wäre, würde ich mitgehen«, sagte er. Er spähte wieder die Straße hinab. »Versteck dich in den Büschen dort, Junge. Wenn es Nacht wird, dann geh den Eisenbahngleisen nach in Richtung Covington. Dort lebt ein freier Farbiger namens Jeb Brown. Der bringt dich in seinem kleinen Boot über den Ohio-Fluß. Den mußt du überqueren, um nach Kanada zu kommen.«

Julilly war erstaunt, als sie »Kanada« hörte. Woher wußte das der alte Mann? Aber sie fragte ihn nicht. Statt dessen hielt sie ihm die Hand hin und dankte ihm aus vollem Herzen.

Sie sah, daß der Rücken des alten Mannes noch mehr gebeugt war als der von Liza. Seine schäbigen Kleider bedeckten ihn nur notdürftig. Aber er hatte starke Arme und kräftige Beine, und er sah glücklich aus, seit er Julilly das Brot gegeben hatte. Er ging eben zu seinem Karren zurück, als ein Reiter um die Biegung kam und neben ihm anhielt.

Julilly rannte schnell in das Maisfeld zurück.

Der Reiter zog an den Zügeln seines Pferdes und blickte wütend auf den alten Mann hinunter.

»Was soll denn das bedeuten, Joe«, schrie er, »daß du schon so früh am Morgen Rast machst? Geh weiter!« Er schnalzte mit seiner Peitsche durch die Luft.

Der alte Mann bückte sich, nahm die Deichsel auf und ging weiter.

Julilly und Liza umarmten einander und schluchzten.

»Er ist auch ein Sklave!« rief Julilly. »Er wird heute den ganzen Tag hungrig sein! Er hat uns alles gegeben, was er hatte!«

Sie hielt das Brot liebevoll mit beiden Händen.

Die Mädchen versteckten sich während des langen, heißen Tages weit weg von der Straße. Zweimal fuhr in der

Nähe bimmelnd und fauchend ein Zug vorbei. Der kleine Kompaß zeigte ihnen, daß Norden in der Richtung lag, aus der die Zuggeräusche kamen. Es würde nicht schwer sein, die Gleise zu finden, wenn es Nacht wurde.

Sie aßen von dem Brot des alten Mannes und kauten ein paar Maiskolben, aber sie hatten kein Wasser und ihr Essen war hart und trocken. Am späten Nachmittag kamen ein paar Männer über die Felder. Liza und Julilly legten sich flach hin. Die Männer gingen an ihnen vorbei zur Straße und verschwanden.

»Die haben mir ganz schön Angst eingejagt.« Lizas Hände zitterten, als sie sich erhob.

»Ich würde sagen, wir haben heute viel Glück gehabt«, antwortete Julilly dankbar.

Die Nacht brach schon früh an, denn Wolken waren aufgezogen und hatten den Himmel in einen schiefergrauen Deckel verwandelt. Die Mädchen krochen vorsichtig zur Straße hin und entdeckten, das die silbernen Gleise genau daneben verliefen. In dieser Nacht war es gut, daß der Mond bedeckt war, denn bei den Gleisen gab es nichts, wo man sich hätte verstecken können.

Die Mädchen gingen auf den Schwellen, mit dem Nordwind im Gesicht. Die Gleise liefen durch offene Felder und durch Wälder, und es war fast so, als seien es silberne Seile, die sie weiter und weiter Richtung Kanada zogen.

Einmal, während des dunkelsten Teils der Nacht, donnerte und prustete und zischte hinter ihnen ein Zug. Als die Erde zu erbeben begann, stolperten sie von den Gleisen weg in eine leere Scheune. Sie hatten kaum Zeit, den Zug zu sehen, da war er auch schon vorbei und pfiff gellend weit vor ihnen.

Julilly fühlte seine Geschwindigkeit und dachte daran, wie schnell er sie nach Norden bringen würde – er war schneller als ein Vogel und schneller als ein Pferd.

Auch in der zweiten Nacht waren die Gleise ihr Führer. Diesmal leuchtete der Nordstern über ihnen, aber Julilly und Liza hatten Angst und waren unruhig. Es war taghell. Jeder konnte sie sehen, wie sie auf den nackten Gleisen dahinmarschierten. Sie krochen hinab in ein Wäldchen, hungrig und müde. Sie hatten nichts mehr gegessen, seit sie das Brot des alten Mannes verzehrt hatten. Ein Maisfeld bewegte sich im Nachtwind.

»Wir machen uns ein Feuer und braten ein paar Maiskolben«, entschied Julilly.

Sie hatten gerade begonnen, trockene Zweige zu sammeln, als ein Hund bellend vom Feld her auf sie zugerannt kam. Sie rannten zum nächsten Baum. Julilly hob Liza auf den niedrigsten Ast und kletterte neben sie. Der Hund rannte um den Stamm herum und bellte. Die Mädchen hatten Angst, und ihr Herz klopfte so schnell, daß sie kaum atmen konnten. Vielleicht war es der Hund eines Sklavenjägers?

Dann hörten sie einen schrillen Pfiff! Der Hund hörte auf zu bellen und begann zu winseln. Schritte knirschten in der Nähe.

»Was hast du denn auf den Baum gejagt, Alter?« fragte eine tiefe, lebhafte Stimme. »Etwas zu essen für uns?«

Liza und Julilly schauten hinunter. Es war ein Farbiger.

»Dem Himmel sei gedankt!« rief Julilly, laut genug, daß der Mann es hören konnte.

»Sei still, Julilly« – Liza packte ihren Arm –, »du vertraust den Leuten zu schnell!«

Aber es war schon zu spät.

»Sind Sie Jeb Brown?« rief Julilly zu ihm hinunter.

Die Mädchen schwiegen. Der Mann antwortete nicht.

Schließlich sagte er: »Nein, ich bin nicht Jeb Brown, und ich will nichts mit ihm zu tun haben. Das sind gefährliche Geschäfte, die er betreibt.«

Die Mädchen kletterten höher hinauf.

»Ihr braucht keine Angst vor mir zu haben«, rief er ihnen zu.
Lange Zeit herrschte Stille. Julilly und Liza waren noch immer ängstlich und angespannt.
»Hört mir zu«, sagte der Mann leise. »Kommt herunter vom Baum, wenn ich mit meinem Hund weggehe. Dann geht ihr zwischen den Bäumen Richtung Norden, bis ihr das Wasser des Ohio-Flusses hören könnt. Dann schaut ihr am Flußufer entlang, dort seht ihr ein kleines Haus mit einer brennenden Kerze im Fenster. Mehr habe ich euch nicht zu sagen.«
Der Mann pfiff nach seinem Hund und stapfte mit knirschenden Schritten ins Gebüsch, weiter durch ein raschelndes Maisfeld, und schließlich war nichts mehr zu hören.
Julilly war die erste, die etwas sagte.
»Der Mann hat genausoviel Mut wie eine Maus«, sagte sie. »Komm, wir klettern hinunter und suchen den richtigen Jeb Brown.«
Julilly hielt den Arm ihrer Freundin fest, und sie rutschten hinunter.
Es war nicht schwer, durch das Wäldchen Richtung Norden zu gehen und dann durch ein Maisfeld, auf dem die Blätter im Wind raschelten, wie unzählige winkende Arme.
Am anderen Ende des Feldes hörten sie das stetige Rauschen von fließendem Wasser.
»Der Ohio-Fluß, Liza«, flüsterte Julilly. »Wir haben den Ohio-Fluß erreicht!«
Sie gingen auf das Geräusch zu, aber sie hielten abrupt an, als sie das flackernde Licht einer Kerze im Fenster einer kleinen Blockhütte sahen.
»Das ist die Hütte von Jeb Brown«, sagte Julilly und ging darauf zu. Liza hielt sie zurück.
»Du glaubst jedem«, schalt sie. »Vielleicht hat der Mann

gelogen!«

Aber Julilly hörte nicht auf Liza, sondern zog sie auf die Hütte zu. Als sie an der Tür ankamen, klopfte sie leise.

Drinnen knurrte ein Hund. Dann erklang die Stimme eines Mannes.

»Wer ist da?«

»Ein Freund unter Freunden.« Julilly benutzte das alte Losungswort.

Knarrend ging die Tür auf. Ein kräftiger, hochaufgerichteter Mann mit krausem, grauem Haar und pechschwarzer Haut stand in ihrem Rahmen. Neben ihm knurrte ein großer brauner Hund.

»Sind Sie Jeb Brown?« fragte Julilly.

»Ihr sprecht mit dem richtigen Mann«, sagte er und zog sie herein.

»Ruhig, Pal.« Er streichelte den Kopf des Hundes und rief: »Ella, hier ist Fracht angekommen – zwei Pakete Trockenware.«

Eine muntere kleine braunhäutige Frau stand vor ihnen. Ihre Augen blitzten über der Kerze, die sie jetzt in der Hand trug. Ihr weißes Haar türmte sich auf ihrem Kopf wie frischgepflückte Baumwolle.

Julilly blickte sich rasch um. Die Hütte war ordentlich und sauber. Es hätte eine der Hütten in Felsheim sein können.

Jeb zog rasch die Jalousien vor allen Fenstern herunter. Ella ging hinter ein Geschirregal und winkte den Mädchen, ihr zu folgen. Sie drückte gegen die Wand, und die öffnete sich wie eine Tür! Ella und die Mädchen schlüpften hindurch, gefolgt von Jeb, und die Wand schloß sich wieder hinter ihnen.

»Du bleibst draußen, Pal«, sagte Jeb zu seinem Hund, »und diesmal kannst du bellen soviel du willst, wenn du etwas hörst.«

Der Raum hinter der Wand war klein, aber gemütlich.

Matten lagen auf dem Boden, und es gab einen großen Tisch mit Bänken drumherum. Das einzige Fenster war über ihnen in der Decke.

»Sieht aus, als hätten Sie uns erwartet.« Jetzt hatte Julilly das Gefühl, wieder laut reden zu können.

Liza ließ sich zu Boden sinken – sie war zu müde und zu hungrig, um auch nur noch einen weiteren Schritt zu machen.

»Armes Kind.« Ella lehnte sich über sie. Sie betrachtete Lizas Gesicht genau, und dann lachte sie. »Ich habe mir doch gedacht, daß ihr Mädchen seid. Wir haben nach euch Ausschau gehalten, seit eure Freunde Lester und Adam hier waren.«

»Lester und Adam?«

»Jetzt ruht ihr euch erst einmal auf den Matten hier aus«, sagte der kräftige, freundliche Jeb und setzte sich auf eine Bank. »Ich erkläre euch alles, während Ella uns etwas zu Essen macht.«

Doch die Mädchen dachten nicht ans Ausruhen. Sie standen vor Jeb und wollten sofort alles über Lester und Adam wissen.

»Tja, die sind eines Nachts vor mehr als einer Woche hier angekommen«, sagte Jeb ruhig. »Ketten hingen von ihren Handgelenken. Sie hatten die Haut durchgescheuert, und beide Männer bluteten.«

Julilly schloß die Augen. Sie wußte nicht so recht, ob sie den Rest der Geschichte hören wollte.

»Lester hatte sich einen Arm verzerrt. Der kräftige Mann, Adam, hatte einen geschwollenen Fuß. Der tat so weh, daß er ihn kaum heben konnte.«

»Woher wußten sie, daß sie hierherkommen mußten?« Julilly war vor Staunen außer sich, daß sie zufällig alle in dieser einsamen Hütte am Ohio-Fluß gelandet waren.

»Sie sind gekommen, weil wir eine Station der Untergrund-Eisenbahn sind«, antwortete Jeb einfach. »Seid ihr

beiden denn nicht auch deshalb hier?«
Ella, die gerade durch die Tür kam, unterbrach das Gespräch. Sie trug ein Tablett mit dampfenden Speisen auf dem Arm. Sie stellte die brennende Kerze in die Mitte des langen Tisches und baute um sie herum ein Festmahl aus frischem Wild, warmem Maisbrot, wildem Honig, Milch und Butter auf.
Sie senkten den Kopf, und Jeb betete. Es war ein gutes Gebet, voller Hoffnung auf ein Ende der Sklaverei.
»Amen«, fügte Liza am Ende tief bewegt hinzu.
Es war so schön, mit Farbigen zusammenzusein und zu reden. Julilly dankte Gott im stillen dafür. Jetzt konnten sie und Liza ohne Furcht ihre Namen preisgeben; sie konnten über die Riley-Plantage reden und über Mammy Sally und Lizas Vater, den Prediger. Die Weißen, die ihnen unterwegs geholfen hatten, waren gut und freundlich gewesen, aber es war nicht dasselbe. Bei Jeb und Ella Brown fühlten sie sich so, als würden sie mit ihrer eigenen Familie zusammensitzen.
Julilly und Liza füllten ihre Teller, und Jeb erzählte – wie Lester und Adam in der Nacht nach ihrer Gefangennahme vom Wagen des Sklavenjägers in den Sumpf gesprungen waren, obwohl sie mit Handschellen aneinandergekettet waren. Eine ganze Nacht lang blieben sie im Wasser, um wegen der Jagdhunde ihre Spur zu zerstören. Sie rieben mit ihrer Kette an einem gezackten Felsen, bis sie zerbrach und sie voneinander getrennt waren. Sie tranken Sumpfwasser und aßen Wasserkresse. »Lester kannte Namen von Leuten der ›Untergrund-Eisenbahn‹. Namen, die geheimzuhalten er Massa Ross versprochen hatte – selbst vor euch beiden.«
»Lester und Adam ging es schlecht und sie waren ziemlich krank«, unterbrach Ella. »Ich hab' sie hier in diesem Zimmer eine Woche lang gepflegt. Als sie wieder laufen konnten, gingen sie. Sie sagten uns, wir sollten nach

euch Ausschau halten.«
Julilly saß auf ihrer Matte und weinte. Sie hatte an Lester und Adam gedacht und von ihnen geträumt, wie sie ihre schweren Ketten nach Mississippi zurückschleppten. Und nun sagte Jeb, daß sie vielleicht schon in Kanada und in Freiheit waren. Die Freude stieg in ihr hoch. Ihre Tränen waren Tränen der Freude.
»Aber was ist denn diese ›Untergrund-Eisenbahn‹?« fragte Liza schließlich.
»Weißt du nichts über die Eisenbahn?« Jeb lachte. »Die Sklavenjäger gaben uns den Namen. Sie sagten, die entsprungenen Sklaven schienen geradewegs unter der Erde zu verschwinden, und dort müsse eine Eisenbahn sein.«
»Wir Abolitionisten benutzen die Eisenbahn dauernd.« Ella lachte leise. »Farbige und Weiße arbeiten gleichermaßen daran mit. Unsere Häuser, in denen wir die Sklaven verstecken, sind die ›Eisenbahnstationen‹. Die Straßen, auf denen ihr geht, sind die ›Gleise‹. Die entsprungenen Sklaven sind die ›Fracht‹. Die Frauen sind ›Trockenware‹ und die Männer sind ›Eisenwaren‹.«
Deshalb hatte sie Jeb »Pakete mit Trockenware« genannt, als sie an der Hüttentür gestanden hatten. Julilly lachte in sich hinein.
»Wir haben vor, euch von hier aus zum ›Präsidenten‹ der Untergrund-Eisenbahn, zu Levi Coffin, zu bringen«, sagte Ella. »Er ist Quäker und lebt auf der anderen Seite des Flusses in Cincinnati.«

15

In der kahlen, aber festen Hütte von Jeb und Ella Brown, neben dem breiten und dunklen Ohio-Fluß, schliefen vier Menschen. Aber Pal, der Hund, war unruhig. Seine

schwarze Nase, die er gegen die Tür preßte, erfaßte den immer stärker werdenden Geruch von Menschen. Er erhob sich, rannte nervös zum Bett seines Herrn und zerrte an Jebs Ärmel.
Jeb erwachte sofort. Das hatte er sich angewöhnt, und er hatte Pal entsprechend erzogen.
»Ella«, sagte er leise, und stupste seine Frau, die neben ihm schlief. »Schwierigkeiten im Anmarsch!«
Ella erhob sich sofort. Sie machte keinerlei Geräusch und zündete auch die Kerze nicht an. Der Raum war dunkel, denn die Jalousien waren immer noch herabgelassen. Aber sie lief schnell zu der Geheimtür und ging auf Zehenspitzen zu den Matten, wo Julilly und Liza schliefen.
»Julilly – Liza.« Sie schüttelte die beiden sanft.
Die Mädchen setzten sich erschrocken und verwirrt auf und versuchten sich darüber klarzuwerden, wo sie waren. Ella berührte die beiden beruhigend.
»Pal hat gerochen, daß Leute kommen«, flüsterte sie. »Vielleicht sind es Sklavenjäger.«
Julilly fühlte kalte Angst in sich aufsteigen, und ihr Körper wurde ganz steif.
»Herr, hilf uns noch einmal«, stieß sie hervor.
»Jetzt, wo wir den Ohio-Fluß erreicht haben, erwischen sie uns nicht mehr«, flüsterte Liza wild entschlossen. »Wir verstecken uns oder rennen davon, oder wir schwimmen sogar über den Fluß, Julilly.« Auf Lizas Gesicht lag bitterer Haß.
»Hört zu.« Ella Browns Stimme blieb fest und ruhig. Sie ging zur Mitte des dunklen Zimmers und zog an etwas, das an der Wand hing. Eine Strickleiter fiel herab, die zu dem Fenster im Dach führte.
»Rollt eure Matten zusammen und schiebt sie in die Ecke«, fuhr sie mit derselben ruhigen Stimme fort. »Nehmt alles, was euch gehört, und steigt die Leiter

hoch. Zieht sie hinter euch hinauf. Dann schließt das Fenster und legt euch flach aufs Dach. Dort oben ist bis jetzt noch keiner erwischt worden.« Sie verließ das Zimmer.
Die Mädchen befolgten die Anweisungen ganz genau. Liza kletterte zuerst hinauf, denn sie brauchte Julilly als Stütze von hinten. Das Dach war fast flach. Es war nicht schwierig, sich dort hinzulegen, und es würde ihnen auch keine Schwierigkeiten bereiten, vom Inneren des Hauses her alles genau zu hören.
Gerade kamen Leute auf Pferden an, und Pal begann, wie wild zu bellen.
Eine Stimme erklang aus der Dunkelheit.
»Jeb Brown ... bind den Hund da drinnen an oder ich schieße ihm den Kopf weg ... Hier ist Sheriff Starkey mit einem Freund. Wir haben einen Durchsuchungsbefehl, und wir lassen uns nicht abweisen.«
Die Mädchen zitterten. Sie hielten sich aneinander fest und schoben sich weiter vom Fenster weg. Pal hörte auf zu bellen und begann zu winseln. Knarrend ging die Eingangstür auf.
»Zündet eine Kerze an oder eine Laterne, ihr freien Sklavendiebe! Wollt ihr, daß wir uns in diesem dunklen Loch den Hals brechen?« Das war die dröhnende Stimme von Sheriff Starkey.
Offensichtlich wurden Kerzen angezündet. Das konnten Liza und Julilly nicht sehen.
Die Stimme dröhnte weiter.
»Mein Freund hier«, rief der Sheriff, »ist den ganzen Weg von Vicksburg, Mississippi, hierhergekommen auf der Jagd nach vier Niggern, die von der Riley-Plantage geflohen sind. Jeder von ihnen ist 500 Dollar wert. Das ist eine stolze Summe, und wir haben vor, die Sklaven lebendig zu fangen.«
»Setzen sie sich, Sheriff.« Die Mädchen konnten die leise

und ruhige Stimme von Jeb hören. »Soll Ihnen Ella etwas Heißes zum Trinken machen?«
Keine Antwort war zu hören, nur schlurfende und kratzende Geräusche, als würden Möbel herumgeschoben.
»Wenn sie hier sind, dann finden wir sie auch!« Der Sheriff schrie immer noch. »Die Leute sagen, du hättest etwas mit dieser ›Untergrund-Eisenbahn‹ zu tun, Jeb. Du läßt die Niggersklaven in die Erde hinab, und keiner bekommt sie jemals wieder zu sehen.«
Jeb und Ella sagten nichts. Pal winselte immer noch leise.
Die schlurfenden Geräusche gingen weiter. Julilly überlegte, ob die da unten wohl den Fußboden auseinandernahmen, um den »unterirdischen Zug« zu finden. Und was konnten sie wohl gegen zwei kräftige Männer ausrichten, falls die aufs Dach heraufgeklettert kamen?
Liza schien ihre Gedanken zu lesen.
»Wenn sie hier heraufklettern, dann springen wir hinunter«, sagte sie. »Wir rennen zum Fluß und suchen Jebs Boot.«
Julilly stimmte zu.
Schließlich wurde es im Haus unten ruhiger. Es wurde leise gesprochen, und die Mädchen konnten nicht verstehen, was gesagt wurde. Hie und da waren Geräusche zu hören wie von einem Hammer, als würde einer der Sklavenjäger versuchen, eine Tür einzuschlagen.
Julilly hoffte, ihr würde nicht schlecht werden oder schwindlig. Sie schloß fest die Augen und versuchte, sich gegen alle Drohungen und Geräusche abzuschließen.
Endlich ging die Eingangstür auf, und man hörte die lauten Schritte der beiden Männer auf den Brettern der Veranda.
»Diesmal haben wir dich nicht erwischt, Jeb«, rief der Sheriff vom Rücken seines Pferdes her, »aber wir werden dich im Auge behalten. Wenn ihr jemals einen von die-

sen entsprungenen Niggern versteckt, werfen wir dich und Ella ins Gefängnis, und du mußt eine Strafe von 1.000 Dollar bezahlen!«

Jeb und Ella antworteten nicht. Die Tür wurde geschlossen, und das Geklapper der Pferdehufe verschwand nach und nach in der Dunkelheit.

Julilly und Liza kletterten langsam die Strickleiter hinunter in das Geheimzimmer.

Ella war schon da. Sie zog die Mädchen eng an sich.

»Dieser Sheriff ist ein böser Mann«, murmelte sie. »Er ist jetzt weg, aber er wird zurückkommen.«

»Liza und ich müssen weg«, sagte Julilly. Sie stand hochaufgerichtet neben den beiden anderen. »In den Feldern können wir uns besser verstecken.«

Liza wollte etwas sagen, doch plötzlich fiel sie bewußtlos zu Boden. Sie lag verkrümmt und schlaff da, wie eine verwelkte Pflanze, deren Stengel alle Kraft verloren hat.

Julilly bückte sich und schüttelte sie ungestüm.

»Du kannst mich jetzt nicht im Stich lassen!« Julilly war ganz verzweifelt. »Ich brauche dich, Liza. Ich kann dich tragen.«

Liza hob schwach den Kopf. Ihre brennenden schwarzen Augen schienen nicht mehr zu dem schwachen Körper zu gehören.

»Ich komme, Julilly«, sagte sie wild. »Ich ruhe mich nur aus, und ich brauche noch ein wenig von Ellas heißer Suppe.«

Ella brachte sofort etwas von der heißen Brühe und hob sie an Lizas Lippen. Das schien sie zu beleben, und langsam stand sie auf.

»Du mußt dich ausruhen, mein Kind.« Die Stimme Ellas war besorgt. »Aber wir können dich nicht hierbehalten. Der Sheriff kommt noch einmal heute nacht. Das spüre ich in meinen Knochen.«

Julilly erschauerte.
Ella fuhr fort: »Jeb will euch heute nacht über den Ohio-Fluß bringen. Hört – er ruft hinüber, um zu erfahren, ob von der anderen Seite jemand antwortet.«
Die Mädchen lauschten. Der schaurige Ruf der Eule drang durch das offene Fenster in der Decke. Gerade war eine Pause, doch dann erklang der Ruf wieder und wieder. Sie warteten. Dann hörte man schwach, aber recht deutlich den Ruf von der anderen Seite. Er klang wie ein Echo von weit her.
Ella war aufgeregt. »Der Eulenruf ist das ›Fluß-Signal‹. Wir haben Glück, daß jemand auf der anderen Seite da ist.«
Sie bewegte sich schnell, hob das Seil auf, schlüpfte durch die Geheimtür und band Pal los, der in einer dunklen Ecke winselte.
»Folgt Pal und mir zum Fluß«, flüsterte Ella den Mädchen zu. »Jeb rudert euch hinüber.«
Am Flußufer wartete Jeb in einem kleinen Ruderboot. Es tanzte auf dem pechschwarzen Wasser auf und nieder. Julilly suchte nach dem anderen Ufer, aber es war im Dunkeln nicht zu sehen. Woher wußte Jeb, in welche Richtung er dieses kleine hüpfende Boot steuern mußte?
Jeb bemühte sich, das Boot ruhigzuhalten, während die Mädchen einstiegen. Julilly half Liza und überließ ihr den am nächsten liegenden Sitzplatz. Niemand redete. Nur das Schnuppern des Hundes und das Plätschern des Wassers waren zu hören.
Jeb setzte sich auf den Sitz, neben dem die Ruder befestigt waren. Er lehnte sich zu Julilly und Liza und sagte leise: »Duckt euch, haltet euch an der Seite fest und seid ganz still!«
Ella schob das Boot ins Wasser und winkte zum Abschied.

»Ella und Jeb Brown werden für immer meine Freunde sein«, dachte Julilly.
Lautlos senkten sich Jebs Ruder ins dunkle Wasser. Er vollführte kraftvolle Ruderschläge mit seinen starken Armen. Sie durften nicht von der Strömung abgetrieben werden. Sie mußten geradeaus hinüberrudern. Julilly und Liza bemühten sich, ihm zu helfen. Drei Rufe der Eule durchschnitten die Luft. Jeb gab den Ruf zurück, und als Antwort auf das Fluß-Signal wandte er das Boot etwas flußaufwärts.
Für Julilly und Liza barg der Fluß Geheimnisse und Entsetzen. Sie konnten nicht schwimmen. Sie hatten noch nie Gelegenheit gehabt, es zu lernen. Sie waren noch nie in einem Boot über einen Fluß geglitten. Wasser platschte gegen Julillys Hand, und Tropfen spritzten ihr ins Gesicht.
Schließlich erschienen verschwommen die schwarzen Umrisse des Ufers. Eine schweigende Gestalt winkte vom Land her. Jeb warf ein Seil hinüber, und das Boot wurde lautlos ans Ufer gezogen.
Der Mann, der am Seil zog, war weiß. Die Mädchen sahen es sofort. Die beiden Männer tauschten keinen Gruß, sie nickten einander nur zu. Aber dann ergriff Jeb die Hand von Julilly und die von Liza. Er brauchte nichts zu sagen. Sein Händedruck übermittelte ihnen Wärme und Mut.
»Diese helfenden Hände sind die Schienen und die Lokomotiven der ›Untergrund-Eisenbahn‹«, dachte Julilly. »Auf der ganzen Strecke von Mississippi nach Kanada ziehen sie und arbeiten und bilden eine hilfreiche Kette. Es gibt gute Leute im ganzen Land.«
Rasch wurden die Mädchen zu einem Karren geführt, vor dem ein Pferd angespannt war. Unten am Karren konnte man ein große Schublade herausziehen, und da krochen sie hinein. Die Schublade schloß sich. Es war

sehr eng, und sie konnten sich nicht bewegen, aber sie lagen auf warmen, frisch duftenden Decken.
»Jetzt fühle ich mich wirklich wie in einer unterirdischen Eisenbahn», sagte Liza ruhig. Um sie herum herrschte völlige Dunkelheit.
»Wir sollen gar nichts sehen können«, Julilly lachte in sich hinein. »Weißt du nicht mehr, Liza, wir sind nur zwei Pakete Trockenware.« Sie mußten für eine Weile einfach sorglos sein. Sie mußten erst einmal ihre angespannten Muskeln lockern, die sie auf dem Dach von Jeb und Ella Brown festgehalten hatten. Und Liza mußte sich von ihrer plötzlichen Schwäche erholen.
Die behagliche kleine Schublade rumpelte im Takt der Pferdeschritte, und Julilly hätte gerne gesungen. Statt dessen sang sie im Geist, so wie vor langer Zeit in ihrer Hütte auf Massa Hensens Plantage.

When Israel was in Egypt's land
Let my people go
Oppressed so hard, they could not stand
Let my people go . . .

Eine leise Stimme drang sanft durch die Bretter über ihnen.
»Wenn alles gutgeht, sind wir morgen früh bei Levi Coffin in Cincinnati. Wenn wir angehalten werden, dann gebt keinen Ton von euch!«

16

Julilly und Liza schliefen, als der Karren mit der Geheimschublade vor einem großen Eckhaus in der Broadway-Straße in Cincinnati anhielt. Über dem Rasen und der langen Veranda des Hauses, die eine Reihe großer Fenster und eine breite Eingangstür umschloß, ging ein kühler Regen nieder. Es war nicht sehr hell draußen, aber der Morgen war angebrochen und die Blätter auf den beiden ausladenden Eichen neben dem Karren schimmerten grün.

Die Schublade wurde plötzlich geöffnet, und der Regen und die Kälte trafen die schlafenden Mädchen. Sie wachten sofort auf und krochen steif auf die Straße. Julilly stützte Liza, der das Gehen schwerfiel. Der Fahrer führte sie zu Tür. Er klopfte dreimal und rief leise: »Ein Freund unter Freunden.«

Die Tür ging sofort auf.

Vor ihnen stand der größte Mann, den Julilly und Liza jemals gesehen hatten. Sein Gesicht war hager, als hätte er die Wangen eingezogen. Seine blauen Augen blickten sie geradewegs an, man konnte seinem Blick nicht ausweichen. Der glitt erst über Julillys Gesicht und dann über das von Liza. Seine Augen schienen gleichzeitig zu lächeln, zu weinen und die Mädchen willkommen zu heißen. Und darüber thronte ein breitrandiger Quäker-Hut.

Der große Mann schob sie ins Haus.

»Du hast uns diesmal zwei wertvoll aussehende Passagiere gebracht«, sagte er zu dem zitternden Fahrer des Wagens, der einen Umhang trug, unter dem er fast völlig verschwand.

»Du kannst den Zug jetzt abstellen, die Lokomotive in meinen Stall schieben und den Dampf ablassen.« Der große Mann lachte ein wenig, als er diese Anweisungen gab. «Wir geben ihr Wasser und Futter.«

»Danke, Freund Coffin«, sagte der Fahrer und ging hinaus.

Das war also Levi Coffin, überlegte Julilly, der »Präsident« der Untergrund-Eisenbahn.

Der große Mr. Coffin rief zu einem anderen Zimmer hinüber:

»Ich glaube, wir haben Trockenware aus Mississippi erhalten.« Seine blauen Augen blinzelten lustig.
Eine warme Frauenstimme entgegnete:
»Bring die zwei Pakete aus Mississippi ins Eßzimmer!«
Eine starke Frau mit einem freundlichen Gesicht und einer dunkelrandigen Brille kam ihnen entgegen. Ihr langes graues Kleid und ihre runde weiße Haube paßten gut zu dem langen Jackett und den kurzen Kniebundhosen ihres Mannes.
»Meine armen Mädchen.« Sie legte den Arm um die beiden. »Ihr seid schlecht gekleidet und ihr friert.«
Sie nahm zwei Schals, die auf einem Stuhl lagen, und hängte sie Julilly und Liza um. Dann führte sie die Mädchen zu dem langen Eßtisch.
Julilly und Liza erschraken. Vier schwarze Gesichter blickten zu ihnen auf, verängstigte Gesichter mit einem Blick wie von Kaninchen in der Falle. Die vier hatten zerkratzte Hände und verfilztes Haar, und sie staken in schmutzigen Lumpen.
Nach dem ersten Schrecken wurde Julilly klar, daß sie und Liza genauso aussehen mußten. Die vier lächelten nicht und erzählten auch nicht, woher sie gekommen waren. Keiner sagte etwas.
»Tante Katie«, rief eine junge Stimme aus der Küche. »Du kannst jetzt das Essen abholen.«
Julilly und Liza aßen rasch. Es gab eine Schüssel voll warmem Haferflockenbrei und für jeden eine weiße Porzellantasse mit Kaffee. Julilly legte die Hände um das glatte, warme Gefäß. Es wärmte ihre schmerzenden und kalten Finger, und sie schienen nicht mehr so rauh und zerschunden.
Sobald das Mahl beendet war, räumten Tante Katie und das Mädchen aus der Küche rasch das Geschirr ab und schoben die Stühle und die Hocker wieder an die Wand.

»Das machen wir, falls die Sklavenjäger kommen. Es ist nicht nötig, daß sie wegen ein paar schmutzigen Tellern mißtrauisch werden.« Tante Katie lächelte, dann winkte sie Julilly und Liza, ihr zu folgen. Die anderen Sklaven gingen mit dem Mädchen aus der Küche.

Man hörte Levi Coffin und den Fahrer des Wagens zur Eingangstür hereinkommen. Aber sie waren nicht allein. Ein Mann mit einer rauhen Stimme war dabei.

Julillys Herz begann zu klopfen. Der Mann redete wie der Sheriff bei Jeb und Ella Brown.

»Ich weiß, daß Sie in Cincinnati ein angesehener Ladenbesitzer sind, Mr. Coffin, und ein bekannter Quäker« – die rauhe Stimme war zuerst ganz leise, doch dann wurde sie immer lauter –, »aber Sie sind ebenfalls bekannt als der größte Nigger-Dieb in ganz Ohio!«

Mr. Coffin antwortete nicht.

Tante Katie packte Liza und Julilly an der Hand und führte sie zum nächsten Schlafzimmer. Dort warf sie rasch die Bettdecken zurück.

»Ihr müßt euch ganz dicht zusammen zwischen die Strohdecke und die Federdecke legen. Ich schüttle sie auf, damit ihr atmen könnt.«

Julilly und Liza krochen ins Bett.

»Bleibt still liegen, während ich das Bett mache«, sagte Tante Katie ruhig. »Ich ziehe die Steppdecke glatt und lege die Kissen hin. Man würde nie vermuten, daß im Bett zwei Leute versteckt sind.«

Die Mädchen hörten des Knarren eines Schaukelstuhls.

»Ich werde für euch beten.« Die Stimme von Tante Katie war ruhig und fest. »Macht euch keine Sorgen. Levi hat keine Angst vor den Sklavenjägern. Es passiert selten, daß wir einen Sklaven an sie verlieren.«

Der Sklavenjäger mit der Stimme, die der von Sheriff Starkey so ähnelte, war vom Eßzimmer her zu hören.

»Von der Riley-Plantage in Mississippi sind vier wertvolle Sklaven geflohen.« Die Stimme war jetzt wütend. »Der Besitzer will sie zurück und hat einen guten Preis geboten. Ich habe sie verfolgt, und die Spur führt genau zu diesem Haus.« Er machte eine kurze Pause. »Warum läßt sich ein respektabler Mann wie Sie in ein derart schmutziges Geschäft ein? Ich habe einen offiziellen Durchsuchungsbefehl für das Haus hier.«
Mit leiser und tiefer Stimme entgegnete Levi Coffin ruhig und fast liebenswürdig:
»Mein guter Mann. Ich habe meine Meinung noch nie verheimlicht und ich versuche, kein Ärgernis zu erregen. Aber etwas muß ich Ihnen sagen: ich befolge stets die Gebote der Bibel und die der Menschlichkeit, die besagen, man solle die Hungrigen speisen, die Nackten kleiden und den Unterdrückten helfen. Und das Buch erwähnt nichts darüber, daß bei diesen guten Taten die Hautfarbe berücksichtigt werden soll.«
Julilly konnte jedes Wort hören. Sie lauschte aufmerksam. Mr. Coffin hatte gesagt, daß in der Bibel die Hautfarbe der Menschen keinerlei Bedeutung hatte. Wenn jemand Kleidung und Essen brauchte, dann solle man ihm dies geben.
Lange Zeit war nichts zu hören, dann wurde an der Schlafzimmertür geklopft. Die freundliche Stimme von Levi Coffin war förmlich, als er die Tür aufstieß und sagte: »Sheriff, hier hält sich meine Frau vormittags auf, um zu lesen und zu nähen ... Catherine, Sheriff Conelly scheint entschlossen, unser Haus zu durchsuchen.«
Julilly hielt den Atem an. Sie hatte das Gefühl, der Sheriff könnte es sehen, wenn sie auch nur einen Finger rührte. Und was geschah, wenn Liza husten mußte? Ihre Haut war feucht und kalt.
»Guten Morgen, Sheriff. Wie schrecklich, daß Sie bei diesem stürmischen Wetter unterwegs sein müssen! Viel-

leicht sollte ich in die Küche gehen und Ihnen eine Tasse Kaffee machen?« sagte Tante Katie liebenswürdig.
Der Sheriff schien verlegen zu sein. Er stotterte: »Es l-lag nicht in m-meiner Absicht, eine Dame in ihrem Schlafzimmer zu stören.«
Die beiden Mäner verließen das Zimmer und schlossen die Tür hinter sich. Ihre Stimmen waren kaum noch zu hören.
Tante Katies Schaukelstuhl hörte auf zu quietschen. Julilly und Liza wagten kaum zu atmen. Sie warteten darauf, daß sich die große Eingangstür öffnete und wieder schloß.
Endlich war es soweit. Bevor Tante Katie die Bettdecken zurückschlagen konnte, kam Levi Coffin wieder herein. Er war ganz außer Atem, und seine Ruhe war offensichtlich erschüttert.
»Der Sheriff ist weg, Catherine, aber ich bin sicher, daß er bald mit genügend Männern zurückkommt, um das Haus gründlich zu durchsuchen. Ich glaube, es ist das beste, wenn wir die Sklaven warm anziehen und sie zum Güterzug bringen, der am Mittag nach Cleveland abfährt.«
»Du hast recht, Levi.« Tante Katies Stimme war jetzt nicht mehr so zuckersüß, sondern wieder warm und praktisch wie zuvor. Ihr Mann ging schnell den Flur entlang, um den anderen Sklaven Bescheid zu sagen.
»Ihr könnt jetzt herauskommen, Mädchen.« Tante Katie schlug die Decken zum Fußende des Bettes zurück. »Die Jungenkleider sind eine gute Verkleidung, aber mich konnten sie nicht täuschen.«
Die Mädchen krochen hervor und befreiten ihre Beine, mit denen sie sich in den weichen, sauber duftenden Laken verwickelt hatten.
»Das war sicher ein schöner Schreck für euch«, sagte Tante Katie. »Und für mich auch.« Sie ging zum Fenster und zog die Vorhänge auf.
»Dieser graue und dunkle Tag meint es gut mit uns. Levi

hat recht – wir müssen euch so schnell wie möglich nach Kanada schaffen.«

Julilly und Liza standen ruhig in der Mitte des sauberen und gemütlichen Zimmers. Sie fühlten sich wie zwei Blätter, die von den rauhen Winden der Wälder und Felder hier hereingeweht worden waren. Sie waren verängstigt und verwirrt. Würde Gott sie weiterhin vor den Sklavenjägern beschützen, die ihnen überallhin folgten? Wie würden sie es je ohne diese mutigen Leute schaffen, die ihnen immer wieder halfen? Wohin wollte Levi Coffin sie schicken? War die »Untergrund-Eisenbahn« diesmal eine richtige Eisenbahn? Würden sie jemals in Kanada anlangen?

»Es geht ständig vorwärts.« Julilly unterbrach das Schweigen. »Immer wieder hebt man uns hoch und nimmt uns an Bord. Massa Ross hat drunten in Mississippi damit angefangen.«

»Gott schütze euch, meine Kinder.« Die Augen von Tante Katie waren von Tränen verschleiert. »Ich würde euch gern noch länger hier behalten, aber dazu ist keine Zeit.«

Sie brachte die beiden zu einem Raum, in dem es Schüsseln mit heißem Wasser gab, Seifenstücke und dicke weiße Handtücher. Sie wies sie an, sich zu waschen und ihre schmutzigen Kleider in einen Korb zu stopfen.

»Der Nähzirkel unserer Quäkergemeinde stellt große Kleidervorräte her für all die, die im Coffin-Lager ankommen.«

Tante Katie lachte. Sie nahm neue Kleidung für Julilly und Liza aus einem Schrank. »Ich glaube, wir verkleiden euch wieder als Jungen, denn die unermüdlichen Sklavenjäger suchen nach zwei Mädchen. Ich gebe jeder von euch einen dicken Pullover. Den braucht ihr für den nahenden Winter.«

Julilly hielt die neuen Kleider in der Hand. Die Pullover

waren aus warmer Wolle gestrickt. Sie hatten die Farbe der blauen Wistarien, die duftend über Massa Rileys Sommerhaus in Mississippi hingen. Die Wolle fühlte sich elastisch an und war noch nicht abgetragen und schlaff. Sie konnte kaum glauben, daß sie diesen herrlichen Pullover tragen sollte, sobald sie sich gewaschen hatte.

Liza grinste. »Wenn wir in so feinem Zeug nach Kanada kommen, dann werden Lester und Adam denken, wir seien Königin Viktoria.«

Liza warf Julilly ein strahlendes Lächeln zu. Die erstarrte. Wo war die alte Liza? Wo war die verkrüppelte, mißgelaunte und ärgerliche Liza?

17

In ihren neuen Pullovern mit den dazupassenden Strickmützen wurden Julilly und Liza in eine schwarze, von einem Pferd gezogene Kutsche gesetzt, die auf der Straße vor dem Haus der Coffins gewartet hatte. Schwarze Vorhänge verhüllten die Fenster, als wäre drinnen irgendwo ein Toter verborgen.

Tante Katie umarmte die beiden Mädchen. Levi Coffin schaute sie forschend an. Seine blauen Augen strahlten so warm wie die Glut eines brennenden Kiefernastes.

»Gott schütze euch beide«, sagte er und schloß die Tür der Kutsche.

In der Kutsche war sonst niemand. Vielleicht waren die anderen Sklaven vorausgegangen oder vielleicht warteten sie in einem anderen Versteck.

Julilly und Liza saßen dicht nebeneinander – selbst hier in dem düsteren Licht kamen sie sich gegenseitig wie Fremde vor. Julilly hatte noch nie die Wärme von neuer Kleidung gespürt. Wohlig schmiegte sie sich ihrem Körper an. Es war ein schönes Gefühl, und sie lächelte. Jetzt sahen sie und Liza nicht mehr wie Sklaven aus. Selbst wenn die Tür jetzt aufginge und der böse alte Sims schimpfend vor ihnen stünde, würde er sie noch erkennen?

Regentropfen klatschten auf das Dach der Kutsche. Die Räder fuhren spritzend durch Pfützen, doch der Regen kam ihnen gelegen, denn er war wie ein Schutzmantel.

»Jetzt fühle ich mich wieder stark und sicher, Julilly«, sang Liza vor sich hin. »Und ich fühle mich wie eine feine und saubere Dame.«

Julilly drückte ihre Hand. Die Kutsche holperte gleichmäßig durch die Straßen, und die Mädchen fuhren schaukelnd dahin.

Es war eine kurze Fahrt. Sie konnten hören, wie der Fahrer dem Pferd etwas zurief. Dann, als er die Zügel anzog, hielt die Kutsche an.

Sie hörten den Fahrer mit einem anderen Mann reden.

»Ein Freund unter Freunden«, sagte er.

»Und was für eine Fracht soll versandt werden?« fragte ein anderer Mann.

»Zwei Pakete Trockenware«, kam die Antwort.«

»Fahr bis zum Ende des Bahnhofs, dann laden wir sie in den letzten Güterwagen ein.«

Die Kutsche setzte sich holpernd in Bewegung. Als sie anhielt, sahen die Mädchen verschwommen eine Männergestalt an der Tür. Der Mann war untersetzt und hatte lange starke Arme.

»Jede von euch muß in einen solchen Sack kriechen«, sagte er sanft. Er warf zwei Jutesäcke in die Kutsche und schloß die Tür.

Aber er sprach weiter: »Ihr könnt durch den Sack atmen und euch ein wenig darin bewegen, wenn ihr im Güterwagen seid. Laßt euch schlaff hängen, während wir euch tragen.«

Die Mädchen krochen in die Säcke, zogen sie über den Körper und über den Kopf. Von draußen konnten sie das Zischen der Lokomotive und das Stoßen und Schieben der schweren Güterwagen hören.

»Es gefällt mir überhaupt nicht, in einem Sack eingesperrt zu sein, Julilly«, begehrte Liza auf, und in ihren Augen lag panische Angst. Aber sie zog den kratzigen Sack über den Kopf und blieb wartend in der Kutsche sitzen. Julilly folgte ihrem Beispiel.

Der Fahrer öffnete die Tür und kroch herein. Er band die Säcke fest zu. Dann hob er Liza hoch und übergab sie dem draußen wartenden Helfer.

»Mach dich so klein wie möglich«, sagte er zu Julilly. »Dann lege ich dich über die Schulter.«

Julilly wußte, daß sie doppelt so groß war wie Liza, wenn sie sich streckte. Sie kauerte sich zusammen, so gut es ging.

Das muntere Treiben der Leute, die Zuggeräusche und das gleichmäßige Tropfen des Regens umgaben Julilly. Sie fühlte, wie der Fahrer sie fest packte.

Eine laute Stimme übertönte das Durcheinander:

»Durchsucht alle Wagen nach entlaufenen Sklaven!«

Julillys Herz klopfte wie verrückt. Sie war dankbar für den schützenden Sack und die Arme, die sie umschlossen.

»Zwei Pakete Trockenware für diesen Wagen«, hörte sie eine andere Stimme rufen.

Sie wurde in den Wagen gehoben und weit hineingetragen – vermutlich in eine dunkle Ecke. Sie wurde neben den Sack gelegt, in dem Liza steckte.

»Bewegt euch nicht und sagt kein Wort, bis der Zug abfährt«, sagte der Fahrer leise. »Ihr fahrt nach Cleveland. Ein Freund der ›Untergrund-Eisenbahn‹ wird euch dort erwarten. Am besten bleibt ihr in den Säcken, bis ihr ankommt. Aber ich binde sie oben auf, dann könnt ihr un-

terwegs den Kopf herausstrecken.«
Er zog die Säcke bis zum Hals der Mädchen herunter, aber es war so dunkel, daß sie einander fast nicht sehen konnten. Der Wagen begann sich in Bewegung zu setzen, und der Mann sprang schnell hinaus.
Ein greller Pfiff erklang, Türen wurden zugeschlagen. Räder quietschten und begannen unter ihnen zu rollen. Der Wagen ruckte, und die Mädchen fielen gegeneinander. Eine Glocke bimmelte. Der Zug mit seiner ungewohnten Dringlichkeit ängstigte die Mädchen. Die Räder drehten sich schnell und schneller und klapperten auf den silbernen Schienen. Julilly stellte sich vor, wie das aussehen mußte. Sicher so wie bei der Eisenbahnlinie, an der sie in Kentucky entlanggegangen waren. Das Geräusch der sich schnell drehenden Räder rief in Julillys Kopf ein Summen hervor. Sie fühlte sich schwindlig. Immer, wenn der große leere Güterwagen klapperte und ruckte, stöhnte Liza.
Julilly hatte Durst. Ihr Mund war trocken und ihre Zunge fühlte sich dick an. Sie begann an den Regen draußen zu denken und wie schön es wäre, wenn er in den Wagen tropfen und über sie hinwegrinnen würde. Sie lehnte sich gegen Liza.
»Julilly«, murmelte Liza, »ich glaube, meine Knochen sind abgefallen und rasseln hier im Sack herum.«
Julilly antwortete nicht. Der Zug ratterte immer weiter. Wahrscheinlich würde er nie mehr anhalten, dachte sie, und bei der hohen Geschwindigkeit würde er vielleicht geradewegs von den Schienen wegfliegen. Julilly hatte ganz vergessen, daß sie ein Ziel hatten und daß ein Zug manchmal anhalten muß.
Sie dämmerte ein und schlief eine Weile. Sie war ganz überrascht, als der Güterwagen an den Wagen davor anstieß und das Klappern der Räder immer langsamer wurde und schließlich ganz aufhörte.

»Liza!« rief Julilly erschreckt, als sie fühlte, daß ihre Freundin plötzlich gegen ihre Beine fiel.
»Ich bin nicht tot«, stöhnte Liza, »ich kann mich nur nicht mehr aufsetzen.«
Plötzlich sahen sie ein Licht. Die Tür ihres Wagens ging langsam auf, und ein starker Strom kalter Luft blies herein.
»Ich suche zwei Pakete Trockenware, die aus Cincinnati für mich abgeschickt worden sind«, rief eine Stimme, die ihnen bekannt vorkam. »Ich werde mich persönlich darum kümmern, daß sie auf den Schoner *Mayflower* geladen werden.«
Julilly fiel es plötzlich ein – das war die Stimme von Massa Ross aus Kanada! Er mußte aus dem Gefängnis geflohen sein! So wie er versprochen hatte, war er tatsächlich gekommen, um sie ins Land der Freiheit zu bringen.
»Aha, da sind sie!« rief er. Er beugte sich wortlos über die Mädchen und band rasch die Säcke über ihrem Kopf zu. Dann nahm er in jedem seiner starken Arme ein Mädchen hoch und verließ den Wagen. Kurze Zeit später hob er sie in eine Kutsche mit fest zugezogenen Vorhängen. Er band sofort die Säcke auf und half den Mädchen heraus.
Liza fiel zu Boden. Sie war so verkrümmt, daß sie nicht sitzen konnte. Julilly beugte sich nieder, um sie hochzuheben, und hatte plötzlich das Gesicht von Massa Ross vor sich. Aber war denn das wirklich Massa Ross? Er hatte keinen Bart; sein Haar war dunkelrot und kürzer, seine Brust und sein Bauch waren immer noch prall und rund, aber seine Kleidung war ganz einfach. Das Rüschenhemd war verschwunden.
Er rieb seine glatte Haut, und um seine Augen herum bildeten sich Lachfältchen.
»Julilly und Liza.« Seine Stimme war gedämpft, aber sie

war immer noch so erhaben, als würde er eine Predigt halten. »Gott sei gedankt, daß ihr die unzähligen Gefahren hinter euch gebracht habt und die Freiheit nicht mehr weit ist.«

»Durst, Massa Ross.« Julilly konnte fast nicht sprechen. Ihr Mund war so trocken wie der Staub auf dem Weg zu den Baumwollfeldern drunten im tiefen Süden.

»Meine lieben Kinder.« Der stattliche Mann beugte sich zu einer Tasche an seinen Füßen. Er zog eine Flasche hervor, schraubte sie auf und goß Wasser in eine Tasse.

»Zuerst Liza«, sagte Julilly.

Mr. Ross stützte Liza und hielt ihr die Tasse an die Lippen.

»Trink langsam, Kind«, sagte er. »Wenn dein Körper so ausgetrocknet ist, kann er nicht zuviel auf einmal vertragen.«

Dann erhielt Julilly die Tasse. Die Flüssigkeit kühlte ihre Lippen. Sie behielt das Wasser im Mund. Es rann ihre Kehle hinab und gierig schluckte sie zweimal.

»Wenn ihr auf der *Mayflower* seid, bekommt ihr noch mehr.« Mr. Ross beugte sich nieder und steckte die Flasche in die Ledertasche zurück.

Jetzt, da sie von dem schrecklichen Durst befreit war, merkte Julilly, daß sich die Kutsche vorwärtsbewegte. Sie sah nur noch die Umrisse des Gesichts von Massa Ross, der ihr und Liza gegenübersaß. Liza hielt sich mit beiden Händen am Sitz fest und versuchte verzweifelt, ihren Rücken geradezustrecken.

»Es ist nicht so einfach, frei zu sein. Massa Ross.« Liza sprach wieder wie das schlechtgelaunte, ärgerliche Mädchen in der Sklavenhütte auf der Riley-Plantage vor langer Zeit. »Sogar Sie hat man ins Gefängnis gesteckt, und Sie sehen auch gar nicht gut aus.«

Mr. Ross war erschöpft. Er lehnte den Kopf zurück.

»Sie mußten mich freilassen, als der Sklave zurückkam,

dessentwegen ich verhaftet worden war. Er kam ins Gerichtsgebäude, gerade als man mich verurteilen wollte.«

Mr. Ross sprach weiter, aber jetzt wurde seine Stimme leiser.

»Ungerechtigkeit ist die Waffe von bösen Menschen. Aber es gibt immer mutige und noble Seelen, die den Weg der Gerechtigkeit gehen und die sich nicht um die Folgen scheren. Dadurch, daß es mir gelang, euch beide zu befreien, bin ich für meine Anstrengungen reichlich belohnt worden.«

Julilly gefielen seine Worte. Was immer er auch sagte – es half ihr, den Kopf zu heben und den Rücken geradezustrecken und an Mammy Sally zu denken, die sich vor keinem duckte.

Julilly dachte an den heißen Tag in den Baumwollfeldern, als Massa Ross an den Reihen hinabgegangen war und Lester und Adam als Führer ausgesucht hatte. Lester und Adam! Warum hatten sie nicht gleich nach ihnen gefragt? Massa Ross wußte sicher, wo sie waren.

»Massa Ross«, stieß Julilly voller Angst und gleichzeitig voller Hoffnung hervor, »haben Lester und Adam Kanada erreicht?«

Mr. Ross lehnte sich langsam vor.

»Ja, sie haben Kanada erreicht,« sagte er. »Sie haben beide die Freiheit kennengelernt.«

Er schwieg. »Lester hat Arbeit gefunden in der Stadt St. Catharines. Er will, daß ihr beide dorthin kommt ... Adam ist tot.«

Keiner sagte etwas.

Der freundliche, liebe Adam. Julillys Kehle wurde wieder ganz trocken, aber diesmal war diese Trockenheit von einem pochenden Schmerz begleitet. Liza beugte sich mit ihrem krummen Rücken mühsam vor. Ihre Augen füllten sich mit Tränen, die über ihre vernarbten schwarzen

Wangen herabliefen.
»Woran ist er gestorben, Massa Ross?« fragte sie.
Mr. Ross hatte ganz eingefallene Schultern. »Es waren die Ketten.« Seine Stimme war rauh. »Sie waren zu eng und schnitten ins Fleisch ein. Als wir sie durchfeilten, bekam er Blutvergiftung. Adam hat nur einen Tag lang in Kanada gelebt. Wir haben ihn unter einer hohen Kiefer beerdigt.«
Es gab nichts weiter zu sagen. Die schlimmen Ketten. Julilly hätte sie gern für immer gesprengt – sie hatte das Gefühl, sie müsse jeden Muskel ihres Körpers anspannen, um die Ketten an den Beinen, an den Armen und um den Hals aller Sklaven zu sprengen.
Die Kutsche hielt an, und Julilly wischte sich mit dem Ärmel ihres neuen Pullovers die Tränen ab. Zuvor hatte sie eigentlich Massa Ross fragen wollen, ob er eine große dunkelhäutige Frau mit einem stolzen Gang gesehen hatte, die Mammy Sally genannt wurde. Aber jetzt hatte sie Angst davor, was sie erfahren könnte.
Die Kutsche schwankte. Die Tür ging auf, und die Mädchen und Mr. Ross traten auf eine dämmrige, stahlgraue Straße hinaus. Es war Abend. Sicherheitshalber zogen sie ihre neuen Mützen tief über ihre dunklen Gesichter herab. Sie steckten ihre Hände unter die warmen Pullover.
Vor ihnen lag eine riesige graue Wasserfläche. Aber das Wasser rauschte nicht wie der Mississippi. Es hob sich, drängte zum Ufer und endete in einer langen Reihe von klatschenden Wellen. Große Schiffe, die hier vor Anker lagen, hoben und senkten sich im Rhythmus des sich bewegenden Wassers. Auf einem der größten Schiffe wurden gerade die Segel aufgezogen.
»Das hier ist die *Mayflower* – das Boot der Abolitionisten«, sagte Mr. Ross. »Es wird euch unter seinen flatternden Segeln über den Eriesee nach Kanada bringen.«

»Dann kommen Sie also nicht mit uns?« Julilly blickte ihn ernüchtert an.
Mr. Ross hob seine starken Schultern und atmete tief ein. »Ich muß wieder in den Süden, um noch mehr von euch zu befreien«, sagte er. Er hob ihre armseligen Bündel aus der Kutsche und ging zum Schiff.
»Laßt eure Mützen so tief heruntergezogen und hebt den Kopf nicht, um jemanden anzuschauen.« Mr. Ross drehte sich um und flüsterte den Mädchen zu: »Mit den neuen Kleidern meinen die Leute, ihr seid meine Kinder. Wir haben Glück, daß es so grau und wolkig ist.«
Es waren nur ein paar Schritte bis zum Schiff, und plötzlich schüttelte Mr. Ross die Hand eines Mannes, den er »Kapitän« nannte. Mr. Ross redete nicht wie sonst mit seiner tragenden Stimme, sondern er sprach ganz leise.
»Ein Freund unter Freunden«, sagte er zuerst – das magische Losungswort der »Untergrund-Eisenbahn«. Jedesmal, wenn Julilly es hörte, erfüllten sie Wärme und Aufregung.
»Das sind meine Kinder«, fuhr Mr. Ross fort. »Bringen Sie die beiden sicher nach Fort Malden!«
Der Kapitän war ein lustiger Mann und er trug seine Mütze schräg über einem Ohr.
»Aye, wird gemacht.« Jedes Wort wurde von einem Lachen begleitet. »Kommt mit nach unten zu euren Kojen, Jungs.«
Mr. Ross klopfte den Mädchen sanft auf die Schulter und sagte ihnen Lebewohl. Er verschwand in der grauen Abenddämmerung. Julilly und Liza wollten dem stattlichen und freundlichen Mann nachrufen und ihm danken. Aber beide wußten, daß sie sich ruhig verhalten mußten. Es war auch gefährlich – sowohl für sie als auch für Mr. Ross –, wenn sie den Kopf hoben und ihre schwarzen Gesichter zeigten.
Die Mädchen gingen mit dem Kapitän an Bord der *May-*

flower. Julilly hatte das Gefühl, das Schiff würde atmen. Es hob und senkte sich mit jeder Welle. Sie folgten dem Kapitän eine schmale Treppe hinunter und gingen einen Flur entlang, mit winzigen Türen rechts und links. Vor einer hielten sie an. Der Kapitän öffnete die Tür, die in ein kleines Zimmer führte, das kaum groß genug war, um zu dritt darinnen zu stehen. Zwei Betten schienen an der Wand zu hängen, und ein kleines rundes Fenster führte auf das Wasser hinaus.

»Ich weiß, daß ihr Mädchen seid«, lachte der Kapitän. »Aber für die Dauer der Reise seid ihr für mich und meine Leute Jungen.«

Er zeigte den Mädchen, wie man die Tür abschloß, und befahl ihnen, sie nur zu öffnen, wenn sie ein dreimaliges Klopfen und die Worte »ein Freund unter Freunden« hörten. Er versprach, sofort Wasser und etwas zu essen zu bringen. Dann sollten sie in die Kojen kriechen und in ihren Kleidern schlafen.

»Wenn alles gutgeht« – der Kapitän lächelte breit unter seinem dichten schwarzen Schnurrbart –, »dann erreichen wir das kanadische Ufer im frühen Morgenlicht.«

Wenn er redete, dann trillerten die »R« wie Vogelgezwitscher, dachte Julilly. Sie würde keine Probleme haben, seine Stimme hinter einer geschlossenen Tür zu erkennen.

Der Kapitän bückte sich und ging durch die kleine Tür hinaus. Die Mädchen schlossen hinter ihm ab.

18

Kaum hatten Julilly und Liza sich in der Kabine umgeschaut, als auch schon dreimal an der Tür geklopft wurde und der Kapitän von draußen flüsterte:

»Ein Freund unter Freunden. Öffnet die Tür, Mädchen, es

gibt Probleme.«
Julilly schloß auf. Der Kapitän war sehr aufgebracht.
»Ich habe erfahren, daß ein Sklavenjäger und ein Sheriff mit einem Durchsuchungsbefehl an Bord kommen, um sich hier umzusehen, bevor wir absegeln.« Er betrachtete die Mädchen aus der Nähe.
»Ich vermute, daß es bei der ganzen Aufregung um euch beide geht.«
Er nahm ihre Bündel und führte sie rasch hinaus. Sie rannten den schmalen Flur entlang und die Treppe hinauf. Droben auf Deck war es fast dunkel. Laternen, die aussahen wie Leuchtkäfer, tanzten vereinzelt auf und ab. Der Wind roch stark nach Fisch, und es war kalt.
Die Mädchen rannten mit dem Kapitän über Deck zum anderen Ende des Schoners, wo an der Seite ein kleines, mit Segeltuch abgedecktes Rettungsboot hing. Der Kapitän zog das Segeltuch zurück und half Julilly und Liza beim Hineinklettern.
»Da drin sind Decken, Wasser und etwas zu essen. Seid vorsichtig und bittet Gott um seinen Schutz.« Er zog das Segeltuch über sie und ging weg.
Die Mädchen zitterten. Sie tasteten nach den Decken und krochen darunter, denn sie boten gleichermaßen Wärme und Schutz.
»Wenn der Sheriff hierher zum Rettungsboot kommt und das Segeltuch zurückschlägt, dann springen wir ins Wasser«, sagte Julilly ernst.
Liza packte Julillys Schulter.
»Wir wollen nie mehr Sklaven sein!«
Das war ein Versprechen zwischen ihnen. Sie standen kurz vor dem Ende ihrer Reise. Massa Ross hatte ihnen gesagt, daß Kanada und die Freiheit auf der anderen Seite des Eriesees lagen. Sie mußten keine Wälder mehr durchwandern, keine Berge mehr besteigen und sich nie mehr im Sumpfwasser verstecken.

»Nach all unseren Mühen, Liza«, sagte Julilly langsam, »ist alles andere besser, als wieder in die Sklaverei zurückzukehren.«

Zwischen dem Segeltuch und dem Bootsrand war eine kleine Lücke, und die Mädchen entdeckten, daß sie von dort aus das Deck überblicken konnten.

Dort gingen Menschen umher, die Körbe und Bündel trugen. Seeleute zogen an Seilen und hoben Ballen aus schwerem weißem Tuch. In der Nähe der Planke, wo die Leute an Bord kamen, stand düster dreinschauend der Kapitän. Seine Mütze war immer noch über ein Auge herabgezogen und sein Schnurrbart sah steif und drohend aus.

Die Mädchen behielten ihn im Auge. Zwei große Männer bahnten sich einen Weg über die Planke und näherten sich dem Kapitän. Vielleicht waren das der Sheriff und der Sklavenjäger. Julilly und Liza wußten es nicht. Sie hatten die beiden noch nie gesehen. Die Männer sprachen mit dem Kapitän, fuchtelten mit den Armen vor seinem Gesicht herum und gingen ungeduldig vor ihm auf und ab. Sie sahen aus wie scharrende Pferde, die ungeduldig darauf warten, sich in Bewegung zu setzen. Aber ihre Worte verloren sich im Wind und im Plätschern des unruhigen Wassers.

Der Kapitän schüttelte den Kopf. Er warf die Arme in die Luft, so als hätte ihn die Verzweiflung gepackt. Er ging zu der schmalen Treppe, und die beiden Männer folgten ihm.

»Sie durchsuchen die Kabinen, Liza!« keuchte Julilly und es wurde ihr klar, wie knapp sie der Entdeckung entronnen waren. »Aber wir kommen nach Kanada, und wenn wir uns unten am Boot festhalten und uns durch den Eriesee ziehen lassen müssen.« Jetzt war Julilly wütend. Welches Recht hatten diese Männer, sie bis zur Grenze zu verfolgen, als wären sie zwei entlaufene Hunde? Sie

und Liza würden nie mehr Sklaven sein!
Es war Nacht geworden. Die grauen Ränder des Tageslichts waren vom Himmel verschwunden. Dunkle Wolken formten sich und zogen über die *Mayflower* hinweg. Dann teilten sie sich, und ein Halbmond tauchte den Schoner in gelbes Licht. Der Nordstern schien über ihnen mit strahlender Beständigkeit. Eine Glocke ertönte, und das Schiff schwankte ungeduldig, als könne es nicht mehr erwarten, vom Ufer abzustoßen.
Der Kapitän und die beiden großen Männer tauchten an der Treppe auf. Die Männer keuchten und schnauften und rannten zu der Planke. Sie fuchtelten mit ihren Fäusten vor dem Gesicht des Kapitäns herum, aber der schob sie auf die Planke und winkte ihnen verabschiedend zu.
Die *Mayflower* drehte sich in den Wind. Die Segel hoch über ihnen blähten sich, und das Schiff setzte sich in Bewegung.
»Ich habe das Gefühl, ich fliege über den Himmel wie die Segel.« Liza umarmte Julilly, und sie schoben das Segeltuch etwas zur Seite, damit sie besser sehen konnten.
Die Freude, dic Julilly verspürte, war so groß, daß ihr das Herz weh tat.
»Liza«, sagte Julilly schließlich, »Mammy Sally sieht denselben Nordstern. Ich darf nicht zuviel hoffen, aber vielleicht hat er auch ihr den Weg in die Freiheit gezeigt.«
Liza begann, nach den Lebensmitteln und der Wasserflasche zu tasten. Die Mädchen aßen und tranken alles, was da war. Sie wickelten sich fest in die Decken und sahen zu, wie die sich blähenden Segel den wehenden Wind einfingen.
Ohne es zu wollen, schliefen sie in dem kleinen Rettungsboot ein. Als der Kapitän sie später warm und friedlich vorfand, störte er sie nicht, und schaukelnd schliefen sie dem nächsten Morgen entgegen.

Der frische Morgen zog rasch auf, und das Deck war von feinem weißem Reif bestäubt. In der Luft lag der starke Geruch von frischem Fisch. Vom Land her zog der Duft der Kiefern, der Walnußbaumrinde und der fruchtbaren Erde, die immer noch die Wärme des Sommers barg. Die Wellen des Eriesees verwandelten sich in ein sanftes Kräuseln. Die Segel wurden eingezogen, und die *Mayflower* trieb an Land.

Die plötzliche Stille des landenden Schoners weckte Julilly und Liza. Ihr erster Gedanke war die *Mayflower*, der Eriesee und die Nähe von Kanada, und sie hielten einander an den Händen.

Sie hoben das Segeltuch von ihrem kleinen Boot. Die helle Sonne warf ihre Strahlen über sie. Der Kapitän kam auf sie zugerannt und rief ihnen mit seinen rollenden R's und seinen verdrehten Sätzen etwas zu.

»Ahoi!» Er winkte die Mädchen zu sich her. »Alle Passagiere an Land!«

Er packte die Mädchen am Arm und führte sie über die Planke ans Ufer. Er deutete auf die großen stillen Bäume und auf das lange kahle Ufer.

»Seht ihr die Bäume?« rief er. »Sie wachsen auf freiem Boden.«

Julilly und Liza rannten die Planke hinab und sprangen zur Erde.

»Kanada?« riefen sie wie aus einem Mund.

Der Kapitän nickte.

Liza ließ sich auf die Knie sinken. Sie breitete die Arme aus und küßte die Erde. »Gott sei gelobt, ich bin frei!« rief sie.

Julilly stand so hochaufgerichtet wie möglich da. Sie zog die Mütze vom Haar und hielt den Kopf hoch. Jetzt mußte sie ihre schwarze Haut nicht mehr verstecken. Sie war Julilly, ein freier Mensch. Sie war kein Sklave.

»Ich danke dir, Gott!« sagte sie laut. So weit es nur ging,

füllte sie ihre Lunge mit der Luft dieses neuen und freien Landes. Niemand war in ihrer Nähe außer dem Kapitän, der sich die Tränen von den Augen wischte und die Nase putzte. Aber er schien unruhig und nervös zu sein und blickte jeden Passagier an, der vom Schiff kam.
»Ihr seid jetzt in Sicherheit«, sagte er mit warmer Stimme, »und ich bin froh, daß ich es war, der euch hierhergebracht hat.« Dann senkte er die Stimme. »Aber ihr dürft nicht vergessen, daß ich schon heute wieder nach Ohio zurückmuß. Ich darf nicht verhaftet werden, weil ich Sklaven bei ihrer Flucht in die Freiheit helfe, und ich darf nicht zugeben, daß ich ›Zugführer‹ bei der ›Untergrund-Eisenbahn‹ bin, obwohl mein Zug auf dem Wasser fährt.« Er lachte plötzlich.
Julilly blickte den Kapitän mit neuer Bewunderung an. In ihrer großen Freude, auf kanadischem Boden zu stehen, hatte sie ganz vergessen, daß dieser Mann seinen Beruf und vielleicht sogar sein Leben aufs Spiel gesetzt hatte, um sie auf der *Mayflower* über den Eriesee zu bringen.
»Liza und ich werden nie vergessen, wie Sie und all die Mitglieder der ›Untergrund-Eisenbahn‹ uns geholfen haben, Kapitän«, sagte Julilly. Sie hätte ihm gern etwas geschenkt, aber ihr Bündel war schlaff und leer.
Liza schien nichts zu hören. Sie betete noch immer.
»Ich gebe euch ein wenig Geld von Mr. Ross«, sagte der Kapitän und schob verlegen ein paar Banknoten in Julillys Hand. »Weiter unten am Ufer wartet ein Farbiger mit einem Wagen, um dich und deine Freundin nach St. Catharines zu bringen. Das hat Mr. Ross arrangiert. Dort in der Stadt arbeitet Lester, und er wird eine Weile für euch sorgen.«
Julilly schaute schnell am Ufer entlang, wo sich neben dem plätschernden blauen Wasser des Eriesees weithin Felsen und Sand erstreckten – und tatsächlich, dort wartete an einer Straße ein Mann mit einem Wagen.

19

Der Kapitän drehte sich rasch um und rannte zurück zu seinem Schoner.
An dem ruhigen Ufer hatten sich vereinzelt kleine Gruppen von Menschen versammelt. Aber Julilly hatte nicht das Bedürfnis, von irgend jemandem begrüßt zu werden. Sie begann sanft zu summen.

Swing low, sweet chariot.
coming for to carry me home . . .

Julilly ging auf Liza zu und schüttelte sanft ihre Schulter.
»Du kannst nicht hier sitzen bleiben und für den Rest deines Lebens beten«, lachte sie mit voller und starker Stimme. »Wir haben noch einen Weg vor uns, und da vorn ist ein Mann, der darauf wartet, uns an unser Ziel zu bringen.«
Liza schien ganz benommen zu sein. Aber sie stand ohne Hilfe auf, und die beiden gingen still am Ufer entlang zu dem farbigen Mann, vor dessen Wagen ein altes braunes Pferd gespannt war.
Als sie näher kamen, schien er sie als seine Passagiere zu erkennen und winkte ihnen zu.
Liza fuhr zurück. »Am besten verstecken wir uns in den Büschen, bis es dunkel wird, Julilly. Was fällt dem nur ein – uns öffentlich zuzuwinken!«
»Liza!« Julilly schüttelte ihre Freundin noch einmal. »Wir sind in Kanada und wir sind frei, und frei heißt, daß wir uns nie mehr verstecken müssen.«
Liza hielt an. Auf ihrem Gesicht mischten sich Schrecken und Verwunderung, als hätte dieser neue Gedanke sie wie ein Blitz getroffen.
»Du hast recht, Julilly«, sagte sie. Ihr Rücken schien sich

etwas zu strecken, und ihr Gesicht zeigte dabei kaum Schmerz. »Wir können einfach auf den Wagen zugehen, hinaufsteigen und den Kopf hochhalten, so wie die weißen Leute das immer tun.«
Der freundliche dunkelhäutige Fahrer kletterte vom Wagen und streckte beide Hände aus. Er war groß und stark, und sein Haar umgab seinen Kopf wie ein grau und schwarz gesprenkelter Rahmen.
»Ich bin Ezra Wilson«, sagte er und lächelte, als hätte die Sonne sein Gesicht mit einem Funken entzündet. »Massa Ross hat uns mitgeteilt, daß ihr kommt, und Lester hat mir befohlen, euch zu ihm nach St. Catharines zu bringen.« Er griff nach Julillys Hand und dann nach der von Liza und hielt sie fest.
Die Mädchen waren sprachlos, bis Lizas schwermütige Augen plötzlich zu funkeln begannen.
»Ich habe fast geglaubt, Königin Viktoria persönlich würde uns hier am Ufer erwarten«, sagte sie. »Aber ich glaube, Ezra Wilson, du siehst genauso gut aus!«
Ezra Wilson lachte, aber er ließ ihre Hände nicht los.
»Ich weiß, wie ihr fühlt.« Er nickte bedächtig. »Ich bin letztes Jahr gekommen, zur Erntezeit – genau wie ihr.«
»Wir sollten uns jetzt lieber nicht unterhalten.« Der große starke Mann wandte sich ab und begann, an dem frischen Stroh und den Decken im Hinteren des Wagens zu hantieren. »Die Reise nach St. Catharines dauert zwei Tage. Da haben wir noch viel Zeit, einander alles zu erzählen.«
Die Mädchen kletterten auf den Wagen und ließen sich auf dem Stroh nieder. Es war jetzt zu warm für die Dekken. Die Morgensonne verbreitete eine beruhigende Wärme. Sie glühte so dunkelrot wie die Schale eines reifen roten Apfels.
Ezra Wilson saß über ihnen und schnalzte mit den Zügeln. Der Wagen begann die steile Straße hinaufzurum-

peln, die von beiden Seiten her überschattet wurde durch große grüne Kiefern.
Die beiden Reisetage über die Landstraßen von Kanada mit dem freundlichen Ezra Wilson waren für Julilly und Liza eine Zeit des Friedens und des Glücks.
Zuerst krochen sie unter die Decken, wenn andere Leute kamen. Aber niemand hielt sie an, niemand schrie herum, und wenn sie zu den kleinen Städtchen kamen und hungrig waren, gingen sie in die Läden und kauften mit dem Geld von Massa Ross etwas zu essen. Nachts, wenn die Sonne verschwand, spürten sie die Kälte dieses nördlichen Landes. Dann wärmten sie sich unter den Decken. Angst verspürten sie nie mehr.
Am zweiten Morgen waren die Blätter neben dem dahinrumpelnden Wagen goldgelb. Ezra Wilson hielt an und breitete eine Decke unter den Bäumen aus. Dann aßen sie zu Mittag.
»Hier ist es wie im Himmel«, murmelte Liza leise.
Ezra Wilson stand abrupt auf.
»Nein, es ist nicht wie im Himmel«, sagte er kurz, »und ich muß euch sagen, wie es wirklich ist.« Er blickte die Mädchen lange an und fuhr dann fort: »Wir Farbigen in St. Catharines arbeiten hart, sehr hart. Aber wir haben etwas zu essen, und die meisten von uns haben einen warmen und trockenen Platz zum leben.«
Julilly schaute ihn ahnungsvoll an. Was würde er ihnen noch sagen, damit sie begriffen, daß Kanada nicht nur ein Land mit goldgelben Blättern war?
Ezra blieb stehen. Sein Gesicht war streng, aber er hob nicht die Stimme.
»Wir haben Arbeit gefunden«, sagte er. »Aber keiner von uns kann lesen, und die Weißen können es alle.«
»Lesen?« fragte Julilly, die noch nie daran gedacht hatte, daß sie jemals lesen lernen würde.
»Es scheint, daß die Weißen uns in ihren Schulen nicht

haben wollen.« Ezras Gesicht wurde traurig. »In St. Catharines gibt es eine St. Pauls Ward Schule für die Farbigen und eine St. Pauls Ward Schule für die Weißen, und in der Schule für die Weißen gibt es mehr Bücher und mehr Papier und mehr Schulbänke, und es ist ein gutes, starkes Gebäude.«

»Aber wir können in die Schule gehen und lesen lernen?« Julillys Augen waren vor Staunen ganz groß.

»Würden sie so jemanden wie mich auch hineinlassen?« Liza streckte sich voller Schmerzen, um dem großen Ezra Wilson ins Gesicht zu sehen.

»*Ich* gehe auch hin.« Ezra lächelte auf sie hinab und strich sich über das graumelierte Haar. »Ich glaube, ich beende meine Warnung damit, euch zu sagen, daß mir Kartoffeln und Salz in Kanada besser schmecken als mit Sorgen und Angst verzehrter Kuchen oder Hühnerbraten in den Vereinigten Staaten. Und jetzt wollen wir essen.«

Während er sprach, hatte Julilly daran gedacht, was ihnen Massa Ross vor langer Zeit in Mississippi gesagt hatte – daß die Flucht nach Kanada schwer sein würde, und daß das Leben in Kanada auch schwer sein würde. Aber es schmerzte sie nicht, daran zu denken. Sie und Liza konnten arbeiten, und Salz und Kartoffeln waren kein schlechtes Essen, wenn es keine drohenden und peitschenden Sklavenbesitzer gab.

Am Abend erzählte ihnen Ezra Wilson von St. Catharines ... daß Lester dort als Gepäckträger im »Welland House Hotel« arbeitete, wo eine spezielle Leitung geheimnisvolles Mineralwasser für alle Gäste brachte. Er erzählte, daß ehemalige Sklaven beim Bau des Hotels geholfen hatten und daß viele von ihnen jetzt dort arbeiteten.

»Es ist ein großartiges Hotel.« Ezra breitete seine langen Arme aus. »Vorn führt eine große Veranda entlang, und alle feinen Leute sitzen da und schaukeln in ihren Stüh-

len.«
Einerseits freuten sich Julilly und Liza auf die Stadt, aber anderseits hatten sie auch Angst. Sie unterhielten sich ununterbrochen in ihrem ratternden Wagen. Wie würde es wohl sein, in einer Stadt zu leben und kein Sklave zu sein? Wie würde Lester wohl aussehen? Wenn nur Adam noch am Leben wäre, um sie ebenfalls zu begrüßen!
Julilly hätte Ezra Wilson furchtbar gern gefragt, ob er jemals etwas von einer gutaussehenden farbigen Frau namens Mammy Sally gehört hatte. Aber sie wagte es nicht. Solange keiner von ihr gehört hatte, bestand immer noch die Hoffnung, daß sie auch nach Kanada kommen würde. Aber wenn sie etwas über sie wußten, und wenn ihr irgend etwas Schlimmes zugestoßen war, dann wollte es Julilly erst so spät wie möglich erfahren.
Am Morgen des dritten Tages sagte ihnen Ezra, daß die Stadt, in die sie gerade einfuhren, St. Catharines war. Zuerst sah es aus wie die anderen Ansiedlungen, durch die sie gekommen waren. Es gab große und kleine Häuser, meist aus Ziegelsteinen gebaut. Überall wuchsen Bäume und Sträucher und Blumen. Aber hier auf den Straßen von St. Catharines sah man viele Farbige. Und als sie in jenen Teil der Stadt kamen, wo die Einkaufsläden waren, sahen sie noch viel mehr.
»Sie sind nicht gerade vornehm angezogen«, sagte Liza zu Julilly, »aber sie tragen keine Lumpen.«
Am Ende der Straße sahen sie ein großes, zweistöckiges Gebäude mit einer breiten Veranda davor – das »Welland House Hotel«. Ezra zog an den Zügeln, um das Pferd anzuhalten. Vor dem Hotel stand ein hellhäutiger Farbiger mit Sommersprossen. Er trug einen enganliegenden Anzug mit glänzenden goldenen Knöpfen.
»Das ist Lester«, rief Julilly. Sie sprang vom Wagen und rannte auf ihn zu.
Lester ergriff ihre beiden Hände und schaute sie liebevoll

an. Julilly betrachtete sein Gesicht. Lester sah gesund und zufrieden aus, aber seine Augen waren immer noch zornig, und er trug den Kopf immer noch stolz erhoben. Julilly war froh. Die Schläge und die Ketten hatten ihn nicht am Boden zerdrückt wie eine Schlange.
Sie sahen, wie Liza versuchte, vom Wagen zu klettern. Lester rannte zu ihr und nahm sie in die Arme. Eng umschlungen standen die drei einen Augenblick lang glücklich beieinander. Dann gesellte sich der große freundliche Ezra Wilson zu ihnen. Lester stellte Liza vorsichtig auf der Straße ab. Währenddessen blickte er zu einer Tür hinten am Hotel.
»Am besten gehst du gleich zu ihr in die Küche, Julilly«, sagte er.
»Zu ihr? In die Küche?« Julilly war verwirrt. Wollte ihr jemand in der Küche Arbeit geben?
»Es ist eine Überraschung, die ich für dich geplant habe, Julilly«, sagte Lester. »Ezra mußte mir versprechen, dir nichts zu verraten.« Der zornige und feindselige Lester wurde plötzlich überraschend einfältig.
Eine Frau öffnete die Tür hinten am Hotel. Julilly starrte zu ihr hin. Sie war groß und dunkelhäutig und trug ein weißes Tuch um den Kopf. Aber ihr Haar war grau. Ihr Gesicht war faltig. Sie war alt. Dann kam die Frau auf sie zu – hinkend, aber mit langen und kräftigen Schritten.
»Mammy Sally!« rief Julilly und rannte in die ausgestreckten Arme ihrer Mutter.
»Mein Kind, mein Kind.« Mammy Sally wiederholte es wieder und wieder.
Schließlich hielt sie Julilly von sich weg. Ihre Augen strahlten.
»June Lilly, du bist gewachsen.« Sie warf ihr einen feierlichen Blick zu. »Du bist eine Frau geworden.«
Julilly hörte es nicht. Jetzt, wo sie wieder bei Mammy Sally war, fühlte sie sich, als hätte man einen Hundert-

pfundsack mit Baumwolle von ihrem Rücken genommen und mit einem Zweipfundsack vertauscht. Und ihr Herz war von einer solchen Freude erfüllt, daß sie gern gerufen und gesungen hätte. Statt dessen legte Julilly einen starken Arm um ihre Mutter, um sie zu stützen.

»Wie kommt es denn, Mammy, daß du hier aus der Tür trittst, um mich zu begrüßen?« fragte sie.

»Mein Gott, Kind, hat dir Massa Ross nicht gesagt, daß ich hier bin? Oder hat Lester es auch vor ihm verheimlicht?« Mammy Sally lachte, und die Tränen strömten ihr über die Wangen.

Plötzlich fiel Julilly Liza ein. Sie führte ihre Mutter zu dem buckligen dünnen Mädchen, das ruhig auf der Straße stand.

»Liza ist mit mir gekommen«, sagte Julilly zu Mammy Sally. »Wir sind wie Schwestern.«

Mammy Sally berührte Liza sanft am Kopf. »Du wirst bei uns wohnen. Ich werde ein kleines Haus für uns kaufen.« Sie stand stolz und groß vor ihnen. »Da gehen wir jetzt hin.«

Sie gingen alle zusammen die breite ungepflasterte Straße hinab – Liza, Julilly und Mammy Sally gingen voraus, und Lester und Ezra kamen hinterher.

»Wir sind frei und wir sind zusammen.« Mammy Sally sang es fast. Dann hielt sie inne und blickte die beiden seltsam gekleideten Mädchen neben sich lange an.

Sie setzte sich wieder in Bewegung und sagte:

»Frei zu sein ist nicht so einfach. Wir Farbigen können nicht lesen und nicht schreiben, und die Weißen von St. Catharines wollen uns nicht in ihren Schulen . . . Wir sind arm, aber wir bauen uns eine Kirche und wir bauen uns eine Schule. Wir sind arm, aber wir werden für unsere Arbeit bezahlt. Wir sind arm, aber einige von uns bauen sich auf ihrem eigenen Land ein Haus. Wir sind arm, aber keiner von uns ist ein Sklave.«

Mammy Sallys Worte wurden zu einem Lied. Jede Zeile hatte einen Rhythmus. Sie gingen zusammen auf ein Wäldchen mit hohen grünen Kiefern zu.
Julilly warf einen Blick auf das Gesicht ihrer Mutter. Es hatte tiefe Falten. Das Haar, das unter ihrem Tuch hervorschaute, war schlohweiß, vermischt mit etwas Grau. Am Hals hatte sie Narben. Sie war ausgepeitscht worden. Sie hinkte beim Gehen. Aber sie trug den Kopf hoch, und in ihrer Stimme lagen Mut und Freude.
Julilly legte einen starken Arm um ihre Mutter, um sie zu stützen. Mit der anderen Hand hielt sie Liza.
Mammy Sally brauchte sie. Liza und Lester brauchten sie. Sie wurde erwachsen. Es gab eine Menge zu tun für sie in diesem großen neuen Land der Freiheit.

ALEXANDER ROSS

Alexander Milton Ross, ein Naturwissenschaftler und Arzt, wurde am 13. Dezember 1832 in Belleville, Kanada, geboren und starb in Detroit, Michigan, am 27. Oktober 1897.

Bei dieser Mission, den Sklaven zur Freiheit zu verhelfen, war ich mir voll und ganz im klaren über die Gefahren, mit denen ich sicherlich konfrontiert werden würde, und darüber, daß mich ganz gewiß ein schneller und vielleicht grausamer Tod ereilen würde, falls meine Pläne und Ziele entdeckt werden würden[1].

Alexander M. Ross

Alexander Milton Ross ... war ein erklärter Abolitionist ... Im Jahr 1855, im Alter von dreiundzwanzig, beschloß er, sich aktiv dafür einzusetzen, flüchtige Sklaven aus dem tiefen Süden nach Kanada zu bringen. Ross unternahm mindestens fünf Reisen in die Südstaaten, bei denen er als Vogelbeobachter auftrat; in fünf Jahren wirkte er an der Flucht von mindestens 31 Schwarzen mit ... John Greenleaf Whittier widmete Ross eines seiner Gedichte[2].

Am 27. Oktober 1897 verstarb in Detroit ein Mann, dessen Dienste in der Abolitionistenbewegung und im Bürgerkrieg so selbstaufopfernd und wagemütig waren, daß sie ihm nicht nur die Hochachtung der Abolitionistenführer, sondern auch die Lincolns einbrachte. Das Lebenswerk des gebürtigen Kanadiers Alexander Milton

[1] *Memories of a Reformer (Erinnerungen eines Reformators)* von Alexander M. Ross, S. 41

[2] *The Blacks in Canada (Die Schwarzen in Kanada)* von Robin W. Winks, S. 260

Ross, M. D., ... verdient es, besser bekannt zu werden ... Wendell Phillips erklärte: »Ihr Heldentum, Ihr Mut und Ihre Zielstrebigkeit bei Ihren ritterlichen Bemühungen, den Sklaven zur Freiheit zu verhelfen, sind beispiellos.«[3]

Er war ein hervorragender Ornithologe, der von europäischen Regierungen und von Fachkreisen wegen seiner selbständigen und sorgfältigen Forschungsarbeit über die Vögel Nordamerikas lobend erwähnt wurde ... Durch seinen kanadischen Akzent schien er hinsichtlich der inneren Angelegenheiten der USA neutral zu sein, und er war im Besitz von Empfehlungsschreiben, die ihn als Naturwissenschaftler von internationalem Rang auswiesen ... Seine Streifzüge durch die Felder und Wälder des Südens gaben ihm Gelegenheit, mit den Sklaven zu reden und sie mit einem bißchen Geld, mit Informationen über die Reiseroute und die Stationen unterwegs auszustatten[4].

LEVI COFFIN

Levi Coffin, Geschäftsmann, Quäkerführer und Abolitionist, wurde 1798 in New Garden, North Carolina, geboren und verstarb 1877 in Cincinnati, Ohio.

Ich bin gegen das System der Sklaverei, und ich glaube von ganzem Herzen, daß es eine Sünde gegen Gott und ein Verbrechen gegen die Menschheit ist, wenn man ein menschliches Lebewesen

[3] »A Daring Canadian Abolitionist« (Ein kühner kanadischer Abolitionist) von Fred Landon, Bibliothekar in London, Ontario, Artikel im Michigan History Magazine, 1921, S. 364

[4] *Make Free – The Story of the Underground Railway (Weg in die Freiheit – die Geschichte der Untergrund-Eisenbahn)* von William Breyfogle, S. 190

vermarktet und Gottes Abbild zu einem Tier herabwürdigt, das man wie eine Kuh oder ein Schwein auf dem Markt kauft und verkauft[1].

Levi Coffin

Durch seine Hingabe an die Sache der geflohenen Sklaven von Jugend an bis ins hohe Alter wurde Levi Coffin zum Präsidenten der Untergrund-Eisenbahn ernannt, obwohl er nicht an der Spitze einer formellen Organisation stand. Tatsächlich erfolgte die Arbeit überall spontan. Unerschütterliches Vertrauen zwischen den Mitgliedern der benachbarten Stationen erreichte mehr als alle Richtlinien ... Entschlußkraft und Scharfsinn des einzelnen war eher gefragt als die schwerfälligeren Bemühungen einer Organisation[2].

Er und seine Frau halfen mehr als 3000 Sklaven auf der Flucht[3].

In ihrem Haus in Newport, Indiana, und Cincinnati, Ohio, beherbergten er und seine Frau Catherine 33 Jahre lang mehr als 100 Sklaven pro Jahr[4].

[1] Aus einem Brief, zitiert in *Underground Railway – From Slavery to Freedom (Die Untergrund-Eisenbahn – Von der Sklaverei zur Freiheit)* von Wilbur Siebert, S. 592

[2] Ebenda, S. 69

[3] Ebenda, S. 87

[4] Ebenda, S. 111

Übersetzung der Spirituals

Seite 7	Als Israel im Lande Ägyptens war,
und	Laßt meine Leute gehn!
Seite 108	So unterdrückt, daß es nicht auszuhalten war,
	Laßt meine Leute gehn!
Seite 13	Massa schläft im Federbett,
	Nigger auf dem Bodenbrett;
	Wenn wir in den Himmel kommen,
	Gibt es keine Sklaven mehr.
Seite 23	Ich bin auf dem Weg ins gelobte Land.
und	Ich bin auf dem Weg ins gelobte Land.
Seite 89	Oh, wer kommt mit mir?
	Ich bin auf dem Weg ins gelobte Land.
Seite 25	Jenny knackt Mais, und mir ist's egal,
	Jenny knackt Mais, und mir ist's egal,
	Jenny knackt Mais, und mir ist's egal,
	Mein Massa ist nicht da!
Seite 130	Komm herab, süßer Himmelswagen,
	Komm doch, um mich heimzuholen . . .

LITERATURVERZEICHNIS

BEATTIE, Jessie L., *Black Moses, the Real Uncle Tom (Der schwarze Moses, der wahre Onkel Tom)*, The Ryerson Press, Toronto, 1957

BOLKA, B. A. (Hrsg.), *Lay My Burden Down – A Folk History of Slavery (Nimm die Last von mir – eine Geschichte der Sklaverei)*, University of Chicago Press, 1969

BREYFOGLE, William, *Make Free – The Story of the Underground Railroad (Weg in die Freiheit – die Geschichte der Untergrund-Eisenbahn)*, Lippincott, 1958

BROWIN, Frances Williams, *Looking for Orlando (Die Suche nach Orlando)*, Criterior Books, 1961

BUCKMASTER, Henrietta, *Flight to Freedom (Flucht in die Freiheit)*, Crowell, 1958

COFFIN, Levi, *Reminiscences (Erinnerungen)*, Arno Press und The New York Times, 1968 (Nachdruck aus einer Kopie der Moorland-Springarn Sammlung, geschrieben 1876)

DREW, Benjamin, *The Narratives of Fugitive Slaves in Canada (Berichte von nach Kanada geflohenen Sklaven)*, John P. Jewett and Co., Cleveland, 1856. Faksimile-Edition von Coles Publishing Co., Toronto, 1972

GARA, Larry, *The Liberty Line – The Legend of the Underground Railroad (Die Freiheitslinie – die Legende der Untergrund-Eisenbahn)*, University of Kentucky Press, Lexington, 1967

GARRIGHAN, Sally, *The Glass Door (Die Glastür)*, Doubleday, 1962

LESTER, Julius, *To be a Slave (Ein Sklave zu sein)*, Dial Press, 1968

ROSS, Alexander Milton, *Recollections and Experiences of an Abolitionist (Erinnerungen und Erfahrungen eines Abolitionisten)*, Rowsell and Hutchison, Toronto, 1875

ROSS, Alexander Milton, *Memoirs of a Reformer (Erinnerungen eines Reformators)*, Hunter, Rose & Co. Toronto 1893

»The Search for a Black Past« (Die Suche nach der schwarzen Vergangenheit), Life Magazine, 22. November 1968

SIEBERT, William H., *Underground Railroad – From Slavery to Freedom (Untergrund-Eisenbahn – von der Sklaverei zur Freiheit)*, Macmillan Co., 1898

SMEDLEY, R. C., *History of the Underground Railroad (Die Geschichte der Untergrund-Eisenbahn)*, Arno Press und New York Times, 1969

WINKS, Robin W., *The Blacks in Canada, A History (Die Schwarzen in Kanada, eine Geschichte)*, Yale University Press, 1971

WINKS, Robin, W. (Hrsg.), *FOUR FUGITIVA SLAVE Narratives (Vier Berichte von geflohenen Sklaven)*, Addison-Wesley Publishing Co., Reading, Mass., 1969

WALKER, Margaret, *Jubilee (Jubilee)*, Houghton Mifflin, 1966

DANKSAGUNGEN

Das Zitat von Martin Luther King Jr. ist der Seite 1 von *Conscience for Change* entnommen, veröffentlicht durch CBC Learning Systems, 1967 – der gedruckten Form der Massey Lectures von 1967. Nachdruck mit Genehmigung der Canadian Broadcasting Corporation.

Die Spirituals auf den Seiten 13 und 23 erscheinen auf Seite 107 von *To be a Slave (Ein Sklave zu sein)* von Julius Lester (Dial Press 1968) und auf Seite 315 von *Jubilee (Jubilee)* von Margaret Walker (Houghton Mifflin, 1966).

Die Idee für den Vorfall auf den Seiten 85 bis 90 beruht auf einer Schilderung des Sklaven Magog auf Seite 134 von *Make Free – The Story of the Underground Railway (Weg in die Freiheit – die Geschichte der Untergrund-Eisenbahn)* von William Breyfogle (Lippincott, 1958).

Die Informationen über die Geschichte von St. Catharines verdanke ich dem Buch *The Negroes of the Niagara Peninsula (Die Neger der Niagara-Halbinsel)* von Ivan Grok, einem pensionierten Geschichtslehrer in St. Catharines, Ontario.

Ezra Wilsons Aussage über »Salz und Kartoffeln in Kanada« auf Seite 134 ist ein wörtliches Zitat aus *The Narratives of Fugitive Slaves in Canada (Berichte von nach Kanada geflohenen Sklaven)* von Benjamin Drew, Seite 39. (Faksimile-Edition, herausgegeben von Coles Publishing Co., Toronto, 1972.)